From Ness in the Isle of Lewis, **Maureen MacLeod** now lives in Glasgow and is a director at BBC Scotland, working mainly on the European current affairs programme *Eòrpa*. A winner of the Scottish Book Trust/Gaelic Books Council New Writers Award, Maureen has also written a travelogue which was shortlisted for the Donald Meek Award in 2015. This is her first novel.

BANAIS NA BLIADHNA

Maureen NicLeòid

First published in 2016 in Great Britain
and the United States of America by
Sandstone Press Ltd
Dochcarty Road
Dingwall
IV15 9UG
Ross-shire

www.sandstonepress.com

All rights reserved.
No part of this publication may be reproduced,
stored or transmitted in any form without the express
written permission of the publisher.

Lasag's series of Gaelic readers offers young adults a range of
engaging, easy-to-read fiction, with English chapter summaries
and glossaries to assist Gaelic learners.

Copyright © 2016 Maureen NicLeòid (Maureen MacLeod)
Editor: Alison Lang

The moral right of Maureen MacLeod to be recognised as the
author of this work has been asserted in accordance with the
Copyright, Designs and Patents Act 1988.

The publisher acknowledges support from the Gaelic Books Council
towards publication of this volume.

**COMHAIRLE NAN
LEABHRAICHEAN**
THE GAELIC BOOKS COUNCIL

ISBN: 978-1-910124-84-0
ISBNe: 978-1-910124-85-7

Cover design by Rawshock
Typeset by Iolaire Typesetting, Newtonmore
Printed and bound in Great Britain by Clays Ltd, St Ives plc.

Contents

1. Bòrd nan singilteach   1
2. A' sgaoileadh na naidheachd   9
3. Clàr-ama sùbailte   16
4. Gealladh-pòsaidh agus an t-ullachadh   26
5. Banais na Bliadhna   38
6. Còig mìosan nam pòg   53
7. Sgaradh-pòsaidh   67

1

Bòrd nan singilteach

Anna finds herself relegated to the singletons' table at her friend's wedding. The bride hopes some of her single friends will pair up together, but for Anna it's an ordeal. She falls into conversation with Dòmhnall, a friend of the groom, and it turns out they have the same cynical attitude about extravagant weddings and the expensive presents that couples feel they're entitled to. Their drunken conversation leads to an audacious proposition.

Dè bha ceàrr air fhàgail aig fuids an cumadh cridhe? No uisge-beatha, no bràiste mar chomharra gun robhas air airgead a thoirt do charthannas às do leth? Cha robh sin gu leòr do thòrr chupal an-diugh, ge-tà. Bha leithid Seonag agus Niall ag iarraidh fàbhar eile a thoirt do dh'aoighean singilte – gaol a lorg dhaibh. Lùigeadh Anna bòrd nan singilteach a chur bun-os-cionn.

Choinnich Anna ri Seonag air a' chiad latha san àrd-sgoil, iad nan dlùth charaidean bhon uair sin. Do Sheonag, bha a h-uile càil dubh agus geal, i gnothachail agus fada na ceann mu iomadh rud ach bhiodh e duilich tè na bu dhìlse neo còir a choinneachadh. Anns na mìosan dorcha às dèidh do Chaomhain a fàgail, 's iomadh turas a chleachd i cluasan agus sòfa Sheonaig.

Cho luath 's a thilleadh iad bho mhìos nam pòg, dhèanadh Anna cinnteach nach biodh teagamh sam bith air Seonag dè a beachd air bòrd nan singilteach. Cha mhòr nach cluinneadh

---

fuids *fudge*
bràiste *brooch, badge*
lùigeadh *desiring, longing*

i Seonag, ge-tà. Bhiodh freagairt chlubhar air choreigin aice
– 's dòcha àireamhan air a teanga mu cia mheud neach a
phòs ann am Breatainn sna deich bliadhna mu dheireadh
às dèidh coinneachadh aig bainnsean. Sin an seòrsa tè a
bh' ann an Seonag.

Choimhead i mun bhòrd, air na mì-fhortanaich eile a
bhathas den bheachd a dh'fheumadh cuideachadh. Nuair a
bha iad ag ullachadh plana nan suidheachan, dè an ùine a
chaidh a chosg air a' bhòrd seo? Bha e a cheart cho dòcha
nach tug Niall an dàrna smuain dhan seo neo mòran eile,
gach nì air a chur air dòigh mus fhaigheadh esan an cothrom
a bheul fhosgladh.

Dè cho tric 's a thàinig air Seonag am bòrd seo atharrachadh
sna seachdainean a chaidh seachad a rèir ghluasadan ann
an suidheachadh dhaoine? Freya, mar eisimpleir, a bha na
suidhe mu coinneamh – cò a chumadh suas leis an robh neo
nach robh fireannach na beatha-se, sin ag atharrachadh nas
trice na na mìosan! Dh'fheumadh Seonag ùidh mì-fhallain
a chumail ann am beatha phearsanta an ochdnair a bha aig
a' bhòrd gun fhios an robh feum aca air seat aig bòrd nan
singilteach tuilleadh!

Choimhead i ri a companaich – còignear bhoireannach
agus triùir fhireannach. Nach robh seo mar chomharra
air mar a bha cùisean an-còmhnaidh – tòrr a bharrachd
fireannaich na boireannaich?

Nam biodh sùil aig barrachd na aon bhoireannach anns
an aon fhear, dè thachradh? Am biodh farpais neo sabaid
ann gus a' chùis a rèiteach? 'S dòcha nach robh dragh
aig Seonag cho fad 's gum biodh cupal neo dhà ùr air an
cruthachadh bhon latha. An dùil a bheil farpais dhìomhair
ann a tha a' toirt bhouchearan Debenhams dhut a rèir cia
mheud cupal a chruthaicheas tu aig do bhanais? Cha robh
ann ach fèill-mhart am beachd Anna.

Phew – bha aon bhoireannach nas lugha san fharpais! Cha

---

fèill-mhart *cattle market*

b' fhada gun robh e follaiseach gun robh sùil aig Freya ann an cuideigin aig an ath bhòrd, i a' dol a-null gus bruidhinn ris gu cunbhalach. Cha bhiodh sgeul oirrese tuilleadh cho luath 's a bhiodh am biadh seachad.

Bha dithis de a dlùth charaidean aig a' bhòrd a bharrachd air Freya agus co-ogha do Sheonag. Bhiodh an triùir fhireannach a' cluich ball-coise còmhla ri Niall agus bha beagan eòlais aice orra tro bhith gan coinneachadh aig tachartasan eile còmhla ri Seonag agus Niall. Cha do dh'adhbhraich gin den triùir aca buiceil na stamaig neo na cridhe.

Ghluais i seo uile gu cùl a h-inntinn oir bha gach nì mu latha mòr Sheonaig àlainn agus bhiodh e duilich gun tlachd fhaighinn às. Bha Seonag ag itealaich timcheall mar dhealan-dè bòidheach, eu-comasach a' ghàire, a bha cho mòr ri coille, a chumail far a h-aodainn. Bha coltas oirre gun robh i a' sanasachd fiaclair sònraichte neo uachdar-fhiacail, Anna a' sùileachadh gun nochdadh rionnag ghleansach os cionn a beòil bho àm gu àm mar a chitheadh tu air an telebhisean.

Tha ùidh às ùr aig daoine anns na h-òraidean an-diugh – airgead ri dhèanamh às a' chùis dhan fheadhainn a chuireadh geall air am faid. Bhiodh deagh sporan a' feitheamh air an neach a b' fhaisg a ghealladh.

Rinn Dòmhnall, a bha cuideachd aig bòrd nan singilteach, òraid. Nearbhach an toiseach, bhlàthaich e chun ghnothaich às dèidh lachanaich a chluinntinn bho na bha an làthair. A' gabhail air a shocair le sgeulachdan èibhinn agus a' crìochnachadh le dealbhan sgoinneil de Niall a chaidh a thogail air an oidhche 'stag', dh'aithnicheadh tu gun robh e air mòran ùine a chur seachad air an òraid. B' ann gu math goirid a bha na bh' aige ri ràdh ach ghlac e daoine leis an dòigh tharraingich a bh' aige air sgeulachd innse. 'S

---

buiceil *fluttering*
dealan-dè *butterfly*
uachdar-fhiacail *toothpaste*

dòcha gun robh i ceàrr ach shaoil Anna gum faca i deòir aig amannan.

*

Chaidh an latha seachad ann am fruis agus mus do sheall Anna rithe fhèin, bha an còmhlan air an àrd-ùrlar agus a' chuideachd a' dannsa gun stad. Nuair a ghabh an còmhlan fois airson leth-uair a thìde, bha cleasan-teine mìorbhaileach aig cùl an taigh-òsta. Chuir Niall sin air dòigh gun fhiosta do Sheonag agus bha e follaiseach gun tug seo buaidh mhòr oirre, i gun smid, gàirdeanan Nèill timcheall oirre. Chan ann tric a dh'fhairich Anna farmad ri daoin' eile ach bhuail sin i gu làidir gan coimhead.

Nuair a thòisich daoine a' sruthadh air ais dhan taigh-òsta, dh'fhuirich Anna a-muigh, an t-èadhar fuar agus beagan sàmhchair a dhìth oirre. Nochd Dòmhnall ri a taobh, an aon bheachd aigesan. An dùil an robh rudeigin ceàrr air a shùilean, shaoil Anna, agus e trang gan suathadh.

'Chòrd an òraid agad rium.'

'Mòran taing. Cha do mharbh màthraichean Sheonaig neo Nèill mi – sin an t-amas a bh' agam! Abair latha – 's iongantach mura do chosg seo fortan.'

'Tha mi an ìre mhath cinnteach gu bheil Seonag air a bhith ag ullachadh agus a' sàbhaladh airson an latha seo bho bha i còig!'

Thòisich Dòmhnall a' lachanaich, an deoch a' toirt air smaoineachadh gun robh a briathran na b' èibhinne na bha iad, smaoinich Anna.

'An dùil an robh i ag ullachadh an liosta-bainnse bho bha i còig cuideachd? Chan fhaca mi a leithid a-riamh!'

'Tha fhios agam. Dè thagh thusa?'

'Fhuair mi fhìn agus cuid de na balaich eile bhon

---

fruis *whoosh*
a' chuideachd *the assembled company*

sgioba ball-coise bhouchearan dhaibh airson dràibheadh chàraichean mar Porsche agus Aston Martin. 'S mi a tha farmadach. Chanainn gur e Niall a chuir sin air an liosta!'

'Oh aidh, na "experience days". Fhuair mise "afternoon tea" dhaibh aig an Ritz. Chleachd gun robh thu a cuideachadh dhaoine gus dachaigh a stèidheachadh, ach an-diugh tha e uaireannan mar gu bheil thu a' toirt duais dhaibh do thachartasan sònraichte agus do-chreidsinneach airson pòsadh!'

Bhruidhinn iad a-null agus a-null mu na rudan iongantach, craicte agus diofraichte a bha iad air faicinn air na liostaichean seo, a' farpais le chèile feuch cò aige a bha an sgeulachd a b' fheàrr ri innse.

'Tha co-ogha dhomh,' dh'inns Anna dha, 'a tha dèidheil air deagh bhiadh agus chuir e bhouchearan airson taighean-bidhe le rionnagan Michelin air an liosta aca agus nach ann a bha spùt airsan fad trì latha às dèidh tadhal air aon dhiubh! Cha robh guth air na h-àiteachan-bidhe spaideil an uair sin airson greis!'

'Chuir mise airgead mu choinneamh bhouchearan airson caraidean sgèith ann am bailiùn thairis air a' Chòrn. San adhar, thuig ise nach bu chaomh leatha a bhith ann am bailiùn agus theab am pòsadh a bhith seachad ann an sin fhèin. 'S beag a' cho-fhaireachdainn a bh' aig a cèile rithe, a' cantainn rithe gun a bhith na buigneag! Bha ise ag iarraidh sìos, esan ag iarraidh fuireach shuas. Cha robh roghainn aig fear a' bhailiùin ach an toirt sìos agus ise cho troimh-a-chèile. Agus, b' e an rud bu mhiosa dheth gun robh iad air pàigheadh airson dealbhan agus DVD fhaighinn den turas aca agus nach tàinig sin sa phost an ceann beagan sheachdainean.'

Bha an dithis aca lag a' gàireachdainn aig an seo. Às dèidh

---

spùt *diarrhoea*
a' Chòrn *Cornwall*
buigneag *softy*

dhaibh socrachadh, dh'inns Anna sgeulachd dha a bha i den bheachd nach gabhadh beatadh.

'Tha mise a' pàigheadh airson coimhead às dèidh ailbhean ann an Ceinia – Elvis a th' air. Tha mo charaid Jennifer às a ciall mu bheathaichean agus b' e beathaichean air feadh an t-saoghail a mhaoineachadh an aon rud a bh' air an liosta aca.'

'Tha sin snog,' arsa Dòmhnall. 'Deagh bheachd a tha sin.'

''S e, ach chan eil mise idir dèidheil air beathaichean agus is lugha orm ailbhein.'

'Ciamar as urrainn do dhuine sam bith gun a bhith dèidheil air ailbhein?'

'Tha iad dìreach cho mòr agus an craiceann cho neònach agus tha iad caran uamhalta.'

'Ist, chan eil thu glic!'

'Bidh mi a' faighinn fios a h-uile trì mìosan ciamar a tha a' dol do dh'Elvis, dealbhan na chois. Bhruthainnsa delete orra mura b' e gu bheil Jennifer ag iarraidh naidheachd gu cunbhalach mun h-uile beathach a tha i a' cuideachadh.'

Lean sgeulachd às dèidh sgeulachd mar seo, na dhearbhadh air an àireamh mhòr de bhainnsean aig an robh iad air a bhith.

'Ma phòsas mi, tha mi a' coimhead air adhart ris na tiodhlacan a gheibh mi fhìn às dèidh na tha mise air cosg air preusantan do dhaoin' eile thar nam bliadhnaichean.'

'Mise cuideachd,' arsa Dòmhnall. 'Mura bi duine seach duine againn pòst' taobh a-staigh còig bliadhna, bu chòir dhuinn càch a chèile a phòsadh airson na preusantan fhaighinn,' thuirt e, gàire mhòr air aodann.

Tha cuid a mhòmaidean na do bheatha a bhios soilleir dhut gu bràth air diofar adhbhar. Smaoinich i air a' mhòmaid sin mìltean de thursan bhon uair sin. Nan deigheadh aice air a

---

Ceinia *Kenya*
uamhalta *creepy*

dhol air ais thuige – am biodh i air leigeil leis na briathran ud ruith, mar gheàrr, a-mach às a beul?'

'Carson a bu chòir dhuinn feitheamh còig bliadhna? Carson nach dèan sinn e ann am bliadhna neo dhà? Cha bhiodh sinn a' dèanamh cron air duine sam bith, gheibheadh sinn beagan spòrs às agus deagh phreusantan agus dh'fhaodadh sinn dìreach dealachadh an uair sin goirid às dèidh pòsadh. Agus, bheireadh e dhuinn an cothrom seachnadh a bhith aig bòrd nan singilteach airson greis!'

Cha robh gàire air aodann Dhòmhnaill tuilleadh. Bha e a' coimhead air Anna mar gun robh i a' bruidhinn ris ann an Swahili. Cha tuirt e càil airson beagan dhiogan, e 's dòcha a' smaoineachadh dè na facail cheart a fhreagradh moladh cho craicte is cho mì-mhoralta.

'Ceart gu leòr,' ars esan. 'Nì sinn sin.'

Cha robh fios aig Anna an ann oirrese neo air Dòmhnall fhèin a chuir am freagairt aige barrachd iongnaidh.

*

Chaidh iad gu rùm Dhòmhnaill san taigh-òsta. Dh'òl iad fìon agus leann agus thòisich iad air liosta a chur ri chèile. Chaidh na h-eanchainnean aca nam boil – afternoon tea aig an Ritz, bhouchearan airson mìos nam pòg, latha spa aig Mar Hall, turas gu Grand Prix Silverstone, turas ann an càraichean luath spaideil timcheall air traca chàraichean, bhoucheran airson deireadh-seachdain le Porsche. Bha càraichean an lùib gach roghainn a bh' aig Dòmhnall, las na shùilean fad na h-ùine. Lean an gàireachdainn, an t-òl agus an sgrìobhadh deagh ghreis.

B' e an rud a bu nàdarraiche san t-saoghal an uair sin cadal còmhla, gu h-àraid agus iad a-nis gu bhith pòsta taobh a-staigh dà bhliadhna!

---

geàrr *hare*
dealachadh *separate, split up*

Cha b' fhada gus an robh srann aig Dòmhnall ri a taobh, agus abair srann. 'S math nach robh cadal air aire Anna, a h-inntinn fada ro thrang airson cadal.

Dè bha dol a thachairt nuair a dh'èireadh iad? Dh'fhaodadh iad a ràdh gur e spòrs neo mearachd a bh' ann agus fhàgail aig an sin. Ach, craicte 's gun robh e, bha Anna cinnteach gun robh i airson leantainn air adhart leis. Bha am plana seo air nochdadh aig àm nuair a bha Anna sgìth de a beatha agus a' miannachadh faochadh bhuaithe. Deagh chothrom a bhiodh seo teicheadh bho nithean àbhaisteach an t-saoghail greis.

Bha i sgìth de bhith a' feuchainn ri cuideigin a choinneachadh, sgìth de dh'oidhirpean a caraidean gus sin a thoirt gu buil agus sgìth de cheistean mu carson nach robh e a' tachairt. Uaireannan, cha do chuir e càil oirre agus a beatha luma-làn agus mìorbhaileach ann an iomadh seagh, uaireannan eile bha aonranas ag obair oirre mar ghalar. B' e cruinnichidhean mar seo aon de na h-amannan a bha an galar a' nochdadh gun fhiosta, ga cuairteachadh mus do sheall i rithe fhèin. A' pòsadh Dhòmhnaill – choilionadh e uimhir de dhiofar rudan taobh a-staigh dà bhliadhna.

I aig fois le a co-dhùnadh, thuit i na cadal a dh'aindeoin gun robh e mar a bhith ann an teis-meadhan crith-thalmhainn le srann Dhòmhnaill.

---

srann *snoring*
crith-thalmhainn *earthquake*

2

A' sgaoileadh na naidheachd

News spreads fast, so Anna and Dòmhnall must make their relationship appear genuine, but they're helped by social media and by their friends' enthusiasm for their budding romance. Of course, there's still the question of Iòsaiph, but nobody in Glasgow knows about him. So far, things are going to plan.

Theab gun do chuir sgread Sheonaig, nuair a chuala i gun robh Anna agus Dòmhnall nan cupal, air Anna tarraing air ais bhon phlana.

'Tha mi cho toilichte – seo an dearbh rud a bha mi an dòchas a thachradh,' dh'èigh i. ''S e bainnsean aon de na h-àiteachan as cumanta bràmair maireannach a choinneachadh.'

Thàinig Anna cho faisg air innse dhi gur e sgudal a bh' aice 's i cuideachd a' smaoineachadh cia mheud turas thar nam mìosan a leanadh a chluinneadh i Seonag ag innse do dhaoine gur ise a thug còmhla iad.

Às dèidh na bainnse, bha na fathannan air èirigh mu Anna agus Dòmhnall. Cha do dh'aidich iad càil an toiseach gus am faigheadh iad fhèin cleachdte ris a' phlana aca, ach bha iad a-nis deiseil innse do dhaoine gu h-oifigeil gun robh iad a' falbh còmhla.

'Tha e tràth fhathast,' ars Anna, 'ach tha cùisean a' dol gu math.'

Cha b' urrainn do dh'aodann Sheonaig a bhith nas buadhmhor. Bhìd Anna a teanga, rinn i gàire 's i an dòchas gun robh a coltas a' cur tarsainn cho taingeil 's a bha i gun do

---

sgread *screech*

chuir Seonag iad an rathad a chèile aig bòrd nan singilteach oir cha b' urrainn do dh'Anna fhèin na facail sin a ràdh mus tachdadh i orra.

Fhreagair i an liuthad ceist a chaidh a thilgeil oirre bhon chòignear charaid a bha a' suidhe ag òl fìon còmhla rithe air feasgar Disathairn'. Bha e furasta a bhith fìrinneach mu Dhòmhnall, a' mhòr-chuid dhe na thuirt i mu dheidhinn fìor agus e na dhuine snog.

Aig an dearbh àm, ann am pàirt eile den bhaile, bha Dòmhnall ga h-ainmeachadh an-dràsta 's a-rithist san dol-seachad agus e a-muigh aig pinnt còmhla ri caraidean às dèidh geama ball-coise a chluich. Sin an dòigh aigesan innse seach an cunntas oifigeil a bha Anna a' faireachdainn a bha i a' toirt seachad!

Bha am mealladh air tòiseachadh.

*

Bha e an-còmhnaidh cho iongantach dha Anna cho luath 's a sgaoileadh naidheachd – rud uabhasach ma tha sin gun iarraidh ach mìorbhaileach ann an suidheachadh mar seo.

Gu tric, b' e daoine eile a rinn an obair dhaibh. Gach taobh a shealladh tu, bha daoine a' comharrachadh gach diog dem beatha le camara neo fòn, ag innse cò bha còmhla riutha agus ga leigeil ma sgaoil air Facebook, Twitter agus Instagram. Cha robh aig Dòmhnall agus Anna ach nochdadh aig diofar thachartasan sòisealta còmhla agus coltas dòigheil a bhith orra nuair a thigeadh camara faisg. Mar seo, cha b' fhaide gun robh fios aig càirdean, caraidean agus co-obraichean fad' agus farsaing gun robh Dòmhnall agus Anna a' suirghe. Chuireadh iad fhèin ris an uirsgeul le bhith ag innse do dhaoine na bha iad air a bhith ris aig an deireadh-sheachdain agus 'check-in' a dhèanamh air Facebook à diofar àiteachan.

Cha chreideadh Anna cho beag dragh 's a bha e a' dèanamh

---

tachdadh *choking*

dhi a' mhòr-chuid den ùine sna seachdainean tràth sin. Bha cus eile a' dol. Ciamar a bhuannaicheadh iad an cùmhnant aig a h-obair le buidheann eadar-nàiseanta, dè gheibheadh i dha màthair airson a co-là-breith, dè chuireadh i oirre gu pàrtaidh Ealasaid, cuin a gheibheadh i ùine a dhol airson bruthadh-bodhaig agus a guailnean cho cruaidh ri creag.

Corra uair dhùisgeadh Anna ann am fallas, bruadar aice gun robh cuideigin air an fhìrinn fhaighinn a-mach. 'S fhada gus a falbhadh an cadal leatha a-rithist, a smuaintean a' ruith. Am b' e uilebheist mhì-nàdarrach a bh' innte a bhith a' mealladh dhaoine mar seo? Ann an uairean beaga na maidne, rinn i liosta na h-inntinn air foillean eile a bhiodh daoine ris gach latha dem beatha.

A' fònadh a-steach gu d' obair ag ràdh gun robh thu tinn 's tu airson crìoch a chur air sreath *Breaking Bad* air Netflix.

Ag innse dha piuthar d' athar gu bheil an dreasa ùr dearg a th' oirre a' tighinn rithe gu mòr ged 's ann a tha i coltach ri rudeigin a chuireadh muir air tìr.

A' toirt a chreidsinn air caraid gu bheil thu dèidheil air a bhràmair ùr ged a tha thu dha-rìribh a' smaoineachadh nach do choinnich thu mòran a-riamh cho mì-mhodhail rithe, gun robh i dìreach às dèidh a chuid airgid agus gum fàgadh i e cho luath 's a lorgadh i cuideigin na bu bheairtiche.

Coltach ri bhith a' cunntadh chaorach, chuireadh liostaichean mar seo i na suain an ceann greis.

*

Tro h-obair, bhiodh i a' dol sìos a Lunnainn grunn thursan sa bhliadhna. Bhiodh i tric ag obair air pròiseactan an cois Iòsaiph, a bha stèidhichte ann an oifis Lunnainn. Bha i cuideachd a' cadal leis.

Cha b' e an seòrsa fear a bheireadh tu dhachaigh gu

---

bruthadh-bodhaig *massage*
foill *deception*
coltach ri rudeigin a chuireadh muir air tìr *like something washed up on the shore*

do mhàthair. Bha e làn dheth fhèin. Chanadh e rudan cho mì-nàdarrach uaireannan agus gun lùigeadh tu car a chur na amhaich ach bha rudeigin cho tarraingeach mu dheidhinn. Às dèidh do Chaomhain a fàgail, dh'òl i barrachd nan àbhaist agus i cho ìosal. Sin mar a thàinig iad còmhla an toiseach agus lean iad air adhart gach turas a bhiodh i ann an Lunnainn. Dh'innseadh i dha mar a bha i a' faireachdainn – bha i cinnteach nach robh e ag èisteachd ach bha ise dìreach taingeil bruidhinn ri cuideigin nach robh ro eòlach oirre.

Cha do dh'inns i dha duine ann an Glaschu mu dheidhinn. Thuirt e fhèin gun robh e singilte. 'S dòcha gum bu chòir dhi a bhith air barrachd cheistean a chur air mun sin gus dèanamh cinnteach. Bha i fìor eòlach air ann an aon seagh, ach aig an aon àm cha robh fhios aice air cus mu dheidhinn.

Air an ath thuras aice a Lunnainn, dh'inns i do dh'Iòsaiph gun robh i air cuideigin a choinneachadh. Cha do rinn e dragh sam bith dha. Cha do dh'inns i dha cho luath 's a bha cùisean a' gluasad – dh'fhàgadh i sin gu turas eile.

*

Cha do chuir duine teagamh sa chàirdeas aca. Tràth sa chleas, thàinig orra co-dhùnadh dè an seòrsa cupal a bha gu bhith annta, air dà adhbhar. An toiseach agus gun iad ach air tighinn còmhla, cha robh daoine a' sùileachadh cus bhuapa ach às dèidh trì neo ceithir a mhìosan, bhite gan sgrùdadh gus faicinn an robh iad freagarrach dha chèile agus an robh ceimigeachd ann.

Thug an dàrna adhbhar oirre tionndadh gu dath a bhiodh giomach pròiseil às gach uair a chuimhnicheadh i air. Bha iad aig pàrtaidh Ealasaid, co-obraiche do dh'Anna. B' e feasgar càilear a bh' ann, Dòmhnall a' fàs nas cofhurtail às

---

giomach *lobster*

dèidh beagan eòlais a chur air duine neo dhithis oir bha e den bheachd gun robh cuid de a co-obraichean caran spaideil agus mòr asta fhèin.

Dh'inns Ealasaid mar nach fhaigheadh i seachad air an tiodhlac a thug a duine dhi airson a co-là-breith – deireadh-seachdain fhada don Ròimh le taigh-òsta spaideil agus cha b' e fiu 's co-là-breith sònraichte a bh' ann.

Dh'fhaighnich i dè fhuair Dòmhnall dhìse agus co-là-breith Anna dìreach air a bhith ann.

'Fhuair e tiogaidean dhuinn a dhol a dh'fhaicinn *To Kill a Mockingbird* air an àrd-ùrlar agus biadh aig an Rogano mus deach sinn ann.'

B' e an fhìrinn a bh' ann oir thuirt Dòmhnall rithe rud a cheannachd leis a chairt-chreideas aige airson a co-là-breith agus 's e esan a phàigh aig an Rogano ged 's e ise a mhol a dhol ann.

Cha robh fhios dè thàinig oirre ach thuirt guth beag na ceann gum bu chòir dhi rudeigin a dhèanamh gus comharrachadh do dh'Ealasaid agus an fheadhainn eile a bha timcheall na faireachdainnean làidir a bh' aice do Dhòmhnall. Thug i sùil air, gàire mhòr air aodann mar gun robh e cho toilichte leis na tiodhlacan a fhuair e dhi.

Ghluais i a-steach gus pòg a thoirt dha air na lipean. Aig an dearbh mhomaid sin, ghluais esan a cheann agus b' ann na bu choltaiche ri dà rùda a' toirt sgleog dha chèile a bha iad. 'Mo nàire,' smaoinich Anna, i a' faireachdainn an dath ag èirigh na gruaidhean.

Bha coltas an uabhais agus iongnadh air aodann Dhòmhnaill mar gun robh e dìreach air faighinn a-mach gun deach a phuinnseanachadh. B' ann an uair sin a thuig i nach robh Dòmhnall dèidheil air comharran gaol poblach. Bha ise a' coimhead airsan. Bha esan a' coimhead rithese. Gu fortanach, thàinig e thuige fhèin mus tàinig Anna agus thug e pòg mhòr fhada dhi air na lipean agus thàinig 'awwww'

---

dà rùda a' toirt sgleog dha chèile *two rams butting into each other*

agus 'ooooooo' agus 'gaol na h-òige' bhon fheadhainn a bha mun cuairt.

Cha robh i a-riamh cho taingeil Space Raiders agus sùgh orainds fhaicinn a' sgèith seachad air a sròin ach sin mar a thachair às dèidh sabaid èirigh eadar nighean bheag Ealasaid agus nighean eile. Ghlac sin aire a h-uile duine. Mus robh an rànaich 's an sgreuchail agus an sgioblachadh seachad, cha robh guth aig duine air Dòmhnall agus Anna.

*

O sin a-mach, dh'obraich Anna agus Dòmhnall air an ceimigeachd eatarra agus bhiodh iad a' toirt phògan dha càch a chèile an-dràsta 's a-rithist ann an suidheachadh làitheil nuair a bha iad leotha fhèin mar nuair a bhiodh iad a' nighe nan soithichean, a' dèanamh cupan teatha, a' cur nigheadaireachd dhan inneal... gus am biodh aca air a dhèanamh gu nàdarrach nuair a bha iad am measg dhaoin' eile. Mu dheireadh, chaill Dòmhnall an coltas feagallach a chunnaic i an latha bha sin aig taigh Ealasaid. Chuidich e gun robh iad a' cadal còmhla bho àm gu àm – cha b' e pàirt den phlana a bha sin ach gun teagamh, bha e a' cuideachadh leis a' cheimigeachd!

Thug Anna air Dòmhnall coimhead ri Rachel agus Ross ann am *Friends*, Jack agus Rose ann an *Titanic* agus am fiolm *Mr and Mrs Smith* gus an togadh iad tip neo dhà.

Thòisich iad an uair sin na rudan sin a chleachdadh 's iad am measg dhaoin' eile, a' coimhead gu dian ann an sùilean a chèile nuair a bha iad a' còmhradh mar nach robh duine eile san rùm, a' pògadh an-dràsta 's a-rithist, làmh air làimh, uaireannan a' coimhead an neach eile ma bha iad a' fàgail an cuideachd airson a dhol chun bhàr neo don taigh-bheag ged nach robh Dòmhnall idir cofhurtail le sin, a' bruidhinn mun neach eile agus a' cur teacsan thuca nuair a bha iad an cuideachd dhaoin' eile. Dh'fheuch iad gun a dhol ro fhada leis mus cuireadh iad a' bhuidheach air daoine. Bha seo uile a' fàgail Anna gu math sgìth oir bha barrachd obair na bha i an dùil ann a bhith a' cruthachadh ceimigeachd!

Cha robh duine den dithis aca air a bhith ri comharran gaol poblach 's iad ann an càirdeasan eile. Le sin, bha Anna den bheachd nan dèanadh iad sin an turas-sa gum biodh daoine a' tuigsinn cho cudromach 's a bha an càirdeas seo dhaibh. Bha e mar aon de na cùrsaichean-dràibhidh ud far am bi thu a' cur seachad seachdain neo deich latha a' faighinn leasanan-dràibhidh agus an uair sin a' suidhe deuchainn aig an deireadh. Sin an seòrsa rud air an robh Anna agus Dòmhnall ag amas – an ceann-uidhe a ruighinn cho luath 's a ghabhadh.

---

cur a' bhuidheach air *sicken/scunner*

3

Clàr-ama sùbailte

They plan every step of their project, from moving in together to the eventual separation, and soon they find their timetable accelerating. Living with Dòmhnall takes some getting used to, but Anna manages to manoeuvre her way around all his sports equipment. Maybe she'll be able to change him, but right now their priority is to keep up the facade. They can't hide their wedding plans from their friends for much longer, and that's all right, just as long as no one discovers the real reason they're doing this.

Rinn iad clàr-ama.

A' chiad naoi mìosan – dearbhadh don h-uile duine nach robh cupal a-riamh air talamh tròcair a bha tighinn air a chèile cho math riutha.

Naoi mìosan – gluasad a-steach còmhla.

Bliadhna – gealladh-pòsaidh a thoirt seachad.

Bliadhna gu leth – am pòsadh.

Dà bhliadhna – sgaradh, an uair sin a dhol air adhart leis a' chòrr dem beatha às dèidh ùine fhreagarrach dearbhadh dhan t-saoghal cho tàmailteach agus briste 's a bha iad aig a h-uile càil a bh' ann.

Bha Anna air flat a cheannachd còmhla ri Caomhain. Às dèidh dha a fàgail airson Samantha – gu fortanach, bha am feum a bh' aig Anna rudeigin faisg air làimh a bhriseadh neo a reubadh gach turas a smaoinicheadh i oirre neo a dheigheadh a h-ainmeachadh, air falbh – ghabh ise thairis a' flat leatha fhèin. Ghluais caraid, Emma, a-steach cuide rithe, is Anna a' cur feum air a' mhàl.

Bha e na b' fhasa dha Anna tòrr de a h-ùine a chur seachad

aig flat Dhòmhnaill 's esan a' fuireach na aonar agus cha bhiodh sùilean dhaoine mar Emma orra.

Bha Anna tric ag obair uairean fada tron t-seachdain agus uaireannan cha robh i a' faireachdainn coltach ri càil a dhèanamh nuair a gheibheadh i dhachaigh ach suidhe air beulaibh an telebhisein le glainne fìon. Bha e furasta gu leòr sin a dhèanamh agus dà thelebhisean mòr aig Dòmhnall agus fhad 's a bha esan a-muigh a' cluich spòrs neo dha choimhead air aon telebhisean, bha ise aig an tèile.

Thairis air an naoi ceud agus dusan latha a bha Dòmhnall agus Anna den bheachd a bhiodh iad còmhla, bhiodh an saoghal a' sùileachadh gum biodh iad a' cur seachad cha mhòr a h-uile diog saor a bh' aca còmhla. Bha sin uaireannan trom orra. An t-ìoranas a bh' ann, thuig iad, gum biodh e na b' fhasa dhaibh beatha neo-eisimeileach a bhith aca nam biodh iad a' fuireach còmhla oir cha bhiodh daoine an uair sin a' sùileachadh am faicinn am pòcaidean a chèile fad na h-ùine.

Mu chòig mìosan a-steach dhan phlana aca, fhuair Emma cothrom a dhol a Lunnainn le h-obair airson dà bhliadhna. Cho-dhùin Anna a' flat a chur a-mach air màl nuair a dh'fhalbhadh i, ann an ceann dà mhìos, agus gluasad a-steach còmhla ri Dòmhnall. Dh'innseadh iad do dhuine sam bith a dh'fhaighnicheadh gun robh e dìreach a' faireachdainn ceart an ceum sin a ghabhail.

*

Nam biodh a beatha an urra ris, cha robh i cinnteach am b' urrainn dhi innse do dhaoine dè an dath a bh' anns gach rùm de flat Dhòmhnaill oir bha an t-àite air a chuairteachadh le uimhir de dh'innealan, cuimhneachain agus aodach-spòrs.

Racaid teanas, racaid badmanton, buill-coise, gathan,

---

nam biodh a beatha an urra ris *if her life depended on it*
cuimhneachain *memorabilia*
gathan *darts*

ciudha snùcair, camain-goilf, buinn a bha e air fhaighinn airson diofar spòrsan, dealbhan air gach balla agus air muin iomadh pìos àirneis de na sgiobaidhean ball-coise anns an robh e air a bhith, tursan gu àite mar Knockhill agus Silverstone le caraidean agus dealbhan dheth fhèin ann an suidheachaidhean co-cheangailte ri obair a' leasachadh spòrs do dh'inhbhich agus clann sa choimhearsnachd. 'S i a bha taingeil gur e taidhlichean a bha san taigh-bheag. Mur a b' e, bha i làn-chinnteach gum biodh dealbhan gu leòr eile a' coimhead sìos oirre gach turas a bhiodh i a' gabhail fras!

Sna preasaichean-aodaich an dà sheòmar a' flat, bha an t-aodach aicese a' sabaid le aodach-spòrs Dhòmhnaill a bharrachd air an aodach àbhaisteach aige. Aodach-goilf ann an iomadh pàtran agus dath – bheireadh e ceann goirt dhi nan coimheadadh i riutha ro fhada, deiseachan-spòrs airson obair agus uimhir de striopan ball-coise nach gabhadh an cunntadh. Cha chuireadh e an t-iongnadh as lugha oirre nan nochdadh Dòmhnall aig bracaist aon latha ann an badan mòr 's e air an t-slighe a dh'amas air beagan carachd sùmo Iapanach.

Chumadh i cab greis ach aon uair 's gun robh iad air gealladh-pòsaidh a thoirt seachad, beag air bheag dh'fheumadh i a dreach fhèin a chur air an àite. Dh'fhaodadh Dòmhnall atharrachadh air ais an uair sin às dèidh an sgaraidh.

Chun an uair sin, bha cho math dìreach fàs cleachdte ri sin agus na spòrsan eadar-dhealaichte a bhiodh tric air an telebhisean san t-seòmar-suidhe. Bha sgrion 56" aige agus bhiodh caraidean Dhòmhnaill tric a' tadhal airson an coimhead còmhla ris. 'S e fosgladh-sùla a bh' ann do dh'Anna gun gabhadh spòrs bho air feadh an t-saoghail a choimhead ceithir uairean fichead nan togradh tu. Bha app aig Dòmhnall ag innse dè bh' air agus cuin.

---

buinn *medals*
badan *nappy*
cab *mouth*

Ged a bha ball-coise mar a bha e, bha seòrsa de thuigse aice air an ùidh a bh' aig daoine ann, aocoltach ri tòrr de na spòrsan eile a bhiodh e a' coimhead. Cha thuigeadh i dè an tarraing a bh' ann an Formula a h-Aon ged a bhiodh i beò dà cheud bliadhna! Rinn i oidhirp a choimhead turas neo dhà còmhla ris. Daoine a' dol mun cuairt a-rithist agus a-rithist ann an càraichean, an uair sin an dearbh dhaoine a' dèanamh an aon rud anns na h-aon chàraichean cola-deug às dèidh sin ann an dùthaich eile. Uhhhh? Dh'èireadh e uaireannan tron oidhche ga choimhead. Ghabh i ris gum biodh 'hairpin' gu bràth a' ciallachadh dà rud gu tur eadar-dhealaichte dhi fhèin agus Dòmhnall.

Bha e coltach ri bhith mar flatmates ann an iomadh dòigh. Nuair a ghluais i a-steach còmhla ris, cha robh càil a dhùil aice gum biodh iad a' cadal còmhla cho tric ach thachair sin gu nàdarra. Bha leabhar-latha aca air-loidhne far am biodh an dithis aca a' cur nan rudan a bha fa-near dhaibh agus na tachartasan aig am bu chòir dhaibh a bhith a' nochdadh còmhla.

Tro bhith a' fuireach san aon flat, bha iad a' fàs eòlach air fabhtasan a chèile. Bha fios aig Anna a-nis air dè an gràn a b' fheàrr le Dòmhnall airson bracaist, gun robh cleachdadh aige a bhith a' cluich le chluasan nuair a bha e a' coimhead spòrs agus gun robh tatù aig mullach a ghàirdein leis an deit a bhuannaich an sgioba ball-coise dha robh e a' cluich cupan neo lìg neo geama neo rudeigin. Chaidh i balbh aig an naidheachd sin a chluinntinn.

Bha aca ri dhol nas dàna na sin, ge-tà, agus thar nam mìosan chuir iad seachad ùine an-dràsta 's a-rithist a' bruidhinn mun h-uile nì gus am faigheadh iad dealbh choileanta air beatha a chèile – a h-uile càil bho chuimhneachain bhon òige gu dè a bheireadh iad leotha gu eilean falamh, an ceòl a b' fheàrr leotha...

---

fabhtas *idiosyncrasy*
gràn *cereal*

Cha robh e na iongnadh gun robh Dòmhnall a' miannachadh a bhith na chluicheadair ball-coise bho bha e na bhalach beag ach fhuair e tinneas na òige a thug buaidh air na sgamhanan aige agus a dh'fhàg e eu-comasach cluich gu ìre phroifeasanta. Chleachd obair a' leasachadh spòrs sa choimhearsnachd a-meas sean agus òg a bhith a' toirt tlachd dha.

Ach, sna mìosan mu dheireadh, bha e air a bhith caran an-fhoiseil na bheatha agus na obair. Cha robh e a' faighinn an aon buzz bho obair 's a chleachd agus mar a bha e a' fàs nas sine, bha e a' faireachdainn gun robh a bhodhaig ga leigeil sìos an-dràsta 's a-rithist, 's e air cuid a chomasan a thaobh sgil agus astar a chall. Bha beàrn na bheatha agus buzz ùr a dhìth air. Dh'aithnich Anna seo ged nach robh e fhèin mothachail air. Choilionadh am plana-sa am beàrn a lìonadh dha greis bheag co-dhiù.

Na nighean bheag bhiodach, rinn Anna an-àirde a h-inntinn gun robh i gu bhith na cleasaiche. Cha do smaoinich i a-riamh air càil eile a dhèanamh. Aig dusan bliadhna a dh'aois, bha fios aice dè an sgoil-dràma gun deigheadh i às dèidh an sgoil fhàgail. Thadhail i ann bliadhna mus do dh'fhàg i an sgoil.

'Cò ris a tha an t-agallamh gus faighinn a-steach coltach?' dh'fhaighnich co-sgoilear dhith.

'Dh'iarr iad oirnn rudeigin sònraichte ullachadh dhaibh,' fhreagair oileanach. 'Thagh sinn fhìn aon rud a bha cudromach dhuinn agus airson an treas phàirt, dh'fhaodadh iadsan dùbhlan sam bith a chur mu do choinneamh. Dh'fhaighnich iad dhòmhsa toirt a chreidsinn gun robh mi na mo chraoibh air sràid thrang sa gheamhradh.'

'Dè seòrsa craobh?' dh'fhaighnich an ceasnaiche.

'Dè seòrsa craobh?!' bha Anna airson èigheachd. 'S e a' cheist a bh' oirre carson a bu chòir do dhuine sam bith toirt a chreidsinn gur e craobh a bh' annta, gun luaidh air gun robh iad air sràid thrang sa gheamhradh.

---

sgamhan *lung*

Bha i air coimhead timcheall oirre air aodainn an fheadhainn eile san rùm, agus thuig i gun robh iadsan den bheachd gur e iarratas àbhaisteach a bh' ann. Thuig i cuideachd nach buineadh i an sin agus thàinig a' bheatha a bha i air fhaicinn a' sgaoileadh roimhpe às a chèile le brag – brag coltach ri craobh a' tuiteam ann an sràid thrang sa gheamhradh, 's dòcha.

Dh'fheumadh i smaoineachadh air dreuchd eile. Roghnaich i margaidheachd. Cha robh i buileach soilleir dè bh' ann ach bha e anns an fhasan aig an àm. Cha do ghabh i aithreachas mun cho-dhùnadh aice a-riamh. Bha na sgilean cleasachd aice gu math feumail aig amannan ann an obair far am b' e an fheadhainn a b' fheàrr a bha ri cleasachd a bha tric a' soirbheachadh. Bha na dearbh sgilean cuideachd feumail nuair a bha thu ag amas air toirt a chreidsinn air daoine gun robh ùidh agad anns na peataichean aca. Ach, dh'fhàg a comas uaireannan gun robh daoine den bheachd gun robh i cruaidh, gu h-àraid nuair a fhuair i air falach cho math mar a bha i a' faireachdainn nuair a theich Caomhain.

Dh'inns iad dha chèile na h-oidhcheannan a b' èibhinne, a b' fheàrr agus a bu mhiosa a bh' aca a-riamh an lùib na dibhe agus fios èiseil mun teaghlaichean agus an caraidean. Ann an cuid a dhòighean, bha Dòmhnall gu math diùid ach bha dòigh tharraingeach, èibhinn aige air sgeulachdan innse a dh'fhàg i tric gus sracadh.

Fhuair i a-mach an rud bu mhotha na bheatha a bha a' dèanamh trioblaid dha. Thigeadh deòir gu shùilean gu math furasta. Uaireannan, bha e a' smaoineachadh nach stadadh iad a' tighinn gu bràth. B' e tachartasan spòrsail a bu mhotha a dh'adhbhraicheadh e. Bha e air a nàrachadh uaireannan ach cha ghabhadh a leasachadh. Bha e anns na daoine aige – athair, bràthair-athar agus a sheanair an aon rud. Sin an t-adhbhar nach robh a charaidean a' tarraing

---

èiseil *essential*
sracadh *bursting [with laughter]*

às mu dheidhinn agus iad den bheachd gur e trioblaid mheidigeach a bh' ann. Cha robh teagamh aige nach robh e a' fàs na bu mhiosa le aois.

Dh'ainmich e feadhainn de na rudan a bha air a chur gu gal, geama mu dheireadh Dhaibhidh Beckham aig Paris St Germain nam measg. Sna mionaidean mu dheireadh, bha Beckham fhèin a' gal. Thug seo droch bhuaidh air Dòmhnall. Bha Anna airson eisimpleir den trioblaid seo fhaicinn agus fhuair i lorg air an geama air YouTube.

Taobh a-staigh mionaid, cha b' e Dòmhnall a-mhàin a bha ri caoineadh! Bha an dithis aca nan suidhe air an t-sòfa, na guailnean aca ag èirigh suas agus sìos agus na h-aodainn aca bog fliuch 's gun e comasach do na neapraigean cumail suas ri sruthadh nan deur. Nan coisicheadh duine a-steach an uair ud, bhiodh iad den bheachd gun robh Dòmhnall agus Anna dìreach air naidheachd-bàis fhaighinn.

Bha e air a thighinn gu ìre agus nach robh fios aig Dòmhnall dè a bheireadh a' bhuaidh bu mhotha air – Anndra Moireach a' buannachadh neo a' call fharpaisean! Nuair a ghlèidh e Wimbledon a' chiad turas, dh'fheumadh Dòmhnall ùine a ghabhail far obair oir cha mhòr gun tàinig aige air a shùilean fhosgladh airson dà latha às a dhèidh!

*

Cha robh an laptop aice cho aosta ri sin agus nuair a thug e sìorraidheachd gach nì a dhèanamh, thairgs' Dòmhnall a thoirt dha charaid Iain gus seallltainn ris. 'S e e fhèin nach robh fada ris agus thill e e an ath latha às dèidh a chur ceart.

Ghabh e cupan cofaidh. Cha b' fhada gus na thionndaidh an còmhradh gu spòrs agus geama aig an robh an dithis aca air a bhith an oidhche roimhe. Stad Anna a dh'èisteachd 's gun ùidh aice sa chòmhradh gus an do ghlac facail Iain a h-aire.

"'S dòcha nach bi thusa a' faighinn gu uimhir de

gheamannan a dh'aithghearr agus bainnsean cho daor sna làithean-sa.'

Chlisg i. Ruith diofar smuaintean tro h-inntinn mar thrèana. Chaidh leth dhiog seachad, diog, diog gu leth gun Iain a' sùileachadh duine càil a ràdh agus e a' gàireachdainn aig na thuirt e. Ach, cha sheasadh sin fada.

An robh Dòmhnall air càil a ràdh ris? An tuirt e sin 's e a' smaoineachadh gur e a bhiodh anns an amharc aca agus iad air gluasad a-steach còmhla? Sin a bhiodh ann. Tharraing i a h-anail. Ghluais i a beul gu rud a bha i an dòchas a bha coltach ri fiamh a' ghàire agus dh'fheuch i smaoineachadh air rudeigin èibhinn mar fhreagairt. Ach, dh'fhosgail Iain a bheul a-rithist agus bha Anna an impis cuairt a thighinn oirre aig a bhriathran as ùire.

'Tha cuid de na h-àiteachan ris a bheil Anna air a bhith a' coimhead gu math daor. Feumaidh tu a h-uile sgillinn a chaomhnadh, a Dhòmhnaill, agus uairean a bharrachd obrachadh.'

Thuig i na bh' air tachairt. Bha faidhl' aig Anna air a laptop le notaichean agus fios mu dhiofar rudan – dreasaichean-bainnse, cosgaisean airson diofar thaighean-òsta agus tallachan-coimhearsnachd, còmhlain, dealbhadairean, liosta-bainnse agus eile.

Bha Iain a' gàireachdainn ris fhèin a-rithist. Choimhead Anna ri Dòmhnall, aodann na dhealbh thrulainn. Co-dhiù, cha robh e a' gal. 'S e tòrr a bha sin.

'Nuair a tha fhios agad, tha fhios agad, agus tha mi fhìn agus Dòmhnall airson a' chòrr dhar beatha a chur seachad còmhla,' thuirt Anna.

Càiseil.com! Ach, sin a thàinig a-mach às a beul. Ghluais i gu Dòmhnall 's i a' bruidhinn. Thug i dha pòg. Ghabh Dòmhnall grèim teann oirre. Bha i cinnteach gur ann airson

---

caomhnadh *saving*
trulainn *confused*
càiseil *cheesy*

taca dha fhèin a bha sin. Dh'fhairich i faochadh a' ruith tro bhodhaig gun robh i air rud a ràdh.

'Dè math fuireach agus sinn cho cinnteach, ach cha robh sinn airson càil a ràdh fhathast mus biodh daoine ag ràdh gun robh sinn a' dol ro luath.'

Thug i pòg eile do Dhòmhnall, a briathran air ruith a-mach. An dùil am biodh e na b' fhasa dhi dèiligeadh le suidheachaidhean mar seo nam biodh i air trèanadh fhaighinn airson toirt a chreidsinn gur e craobh a bh' innte? Cha bhiodh fios aice gu bràth.

Bha a h-eanchainn na bhoil. Dè dìreach a bh' anns an fhaidhle? An robh tuairmse sam bith ann mu na bha iad ris? Dh'fhairich i fann a-rithist nuair a thàinig e a-steach oirre dè an t-ainm, ann an dìbhearsain, a thug i air an fhaidhl' – Banais na Bliadhna.

Dè rinn Iain den sin? An do shaoil e gun robh i craicte neo uabhasach làn dhith fhèin neo gun robh i air a bhith airson pòsadh airson bhliadhnaichean agus gur e Dòmhnall am fear anns an d' fhuair i a spògan airson an latha mòr aice a thoirt gu buil?

'Tha mi a' tuigsinn,' arsa Iain. 'Tha h-uile duine ag aontachadh cho freagarrach 's a tha sibh mar chupal agus cha bhi Dòmhnall a' stad a bhruidhinn ort.'

Bha an t-àm ann airson pòg eile, i an dòchas gun toireadh sin air Iain teicheadh gus nach biodh aige seasamh sa chidsin aca fad an fheasgair dhan coimhead a' toirt phògan dha chèile.

'Na gabh dragh – cha chan mise dùrd. Nan canainn, 's dòcha nach fhaighinn fios chun na bainnse agus chan eil càil as fheàrr leamsa na deagh bhanais!'

Abair gun robh lachanaich air an triùir aca an uair sin, Iain

---

tuairmse *clue*
fann *weak, faint*
spòg *claw*
dùrd *word, syllable*

pròiseil a bhith cho èibhinn agus faochadh air an dithis eile gun robh coltas ann gun robh iad air faighinn às leis.

Theich e an uair sin. Mhìnich i do Dhòmhnall na bh' air an laptop aice. Dh'fhosgail iad botal fìon.

'Tha cho math dhuinn gealladh-pòsaidh a thoirt seachad an ìre mhath luath,' thuirt i. Chan eil fhios agamsa dè cho fada 's a sheasas mo nearbhan ris an seo.'

Cha b' fhada gum b' fheudar dhaibh an dàrna botal fhosgladh.

---

faochadh *relief*

4

Gealladh-pòsaidh agus an t-ullachadh

Dòmhnall proposes in the perfect romantic setting. Their families are delighted, and Anna's sister sees this as the prefect opportunity to try out her party planning skills. But when Dòmhnall's parents offer them his grandmother's engagement ring and Anna learns that they intend to give him a very large sum of money, she begins to feel guilty about deceiving them.

An Disathairn' às dèidh cèilidh Iain, chaidh iad gu Cameron House air bruaichean Loch Laomainn a ghabhail afternoon tea, a fhuair Anna mar bhargan tro Ghroupon. Mar nach tuigeadh Anna Formula a h-Aon, cha thuigeadh Dòmhnall afternoon tea, air nach do bhlais e a-riamh chun an sin. Nochd cruth èiginneach air aodann mar gun robh feagal air gun cailleadh e a shubhailcean gu lèir nan tigeadh air càil dheth a chur thairis a lipean.

Dhàsan, 's e ceapairean rud a bhiodh neach a' gabhail nuair a bha iad a' siubhal air trèana neo bus gun an còrr a roghainn aca neo mar lòn sìmplidh 's tu aig d' obair. Carson fo ghrian a bhiodh duine nàdarrach sam bith a' dol air bhioran mu cheapairean de rudan mar chularan agus mionnt às aonais nan crustaichean agus ann an cumaidhean cheathramhan neo thriantan?

Na inntinn-san, bhuineadh a bhith ag ithe sgonaichean, silidh agus uachdar-clàbair do sheann bhoireannaich

---

gun cailleadh e a shubhailcean gu lèir *that he'd go completely out of his mind*
cularan *cucumber*
ceathramhan neo triantan *quarters or triangles*
uachdar-clàbair *clotted cream*

Gealladh-pòsaidh agus an t-ullachadh 27

a' seanachas às dèidh sgol ghorm fhaighinn neo am measg charactaran *Midsomer Murders*. Cha b' e cèicean beaga àlainn, tarraingeach a chunnaic Dòmhnall mu choinneamh ach slabaidean siùcair.

Mus dealaicheadh iad, b' e aon de na dùbhlain a chuir Anna roimhpe fhèin dearbhadh do Dhòmhnall gur e afternoon tea aon de na tlachdan a b' fheàrr san t-saoghal. 'S dòcha gu feumadh iad bhith pòsta dà fhichead bliadhna mus tachradh sin, ge-tà.

Fhuair Dòmhnall tron àmhghar dheuchainneach agus ghabh iad an uair sin cuairt mun loch. Bha iad ag iarraidh gum biodh seo cho fìrinneach 's a ghabhadh agus daoine an-còmhnaidh ag iarraidh fiosrachadh mionaideach mu mar a thachair e.

Chaidh e sìos air aon ghlùin agus chuir e na ceithir facail chudromach. Chuir i a làmh gu beul, mar nach biodh càil a dhùil aice ri seo. Thuirt i gum pòsadh i e. Dh'èirich esan. Thug i pòg dha agus chuir i a gàirdeanan timcheall air.

'Na gabh grèim ro theann,' ars esan, leth-ghàire air aodann. 'Tha mo stamag na bhoglach de dh'afternoon tea agus tha eagal orm gun cuir mi a-mach ma bhios cus bruthadh orm.'

Nach biodh sin romansach! Chan innseadh i am pàirt sin do dhaoine!

*

Leis gun robh pàrantan Anna air falbh air saor-làithean ann am Portagail, bha leisgeul aice gun fuireach ro fhada air a' fòn nuair a dh'inns i an naidheachd dhaibh. Bha fhios aice gur iomadh ceist a bhiodh aig a màthair dhi nuair a thilleadh iad. Chùm Anna measgachadh de bheothalas agus

---

a' seanachas *telling stories*
sgol ghorm *blue rinse*
slabaid *slab*
àmhghar deuchainneach *trying ordeal*

boil na guth oir bhiodh dùil ri sin air latha cho cudromach na beatha.

An uair sin, dh'fhòn i a piuthar, Raonaid, a chaidh gu sgreadalaich mar dhealtag agus an uair sin gu ceasnachadh – cuine, càite, ciamar, deitichean, dreasa agus daoine. Fhuair i far am fòn le gealladh gun coinnicheadh iad an-ath-sheachdain gus bruidhinn air a h-uile dad.

Chaidh iad gu pàrantan Dhòmhnaill air an t-slighe dhachaigh 's bha iad cho toilichte 's a ghabhadh. Bha Anna gu math dèidheil orra – cupal dòigheil, càirdeil, faisg. Cha robh an naidheachd ach air an cluasan a ruighinn nuair a tharraing athair Dhòmhnaill neapraig a phocaid gus a shùilean a thiormachadh. Cha b' e sin dha piuthar Dhòmhnaill, Ceit, deugaire caochlaideach a bha gu math aocoltach ri bràthair agus a pàrantan.

'A bheil thu trom?' dh'fhaighnich i.

'A Cheit, na bi cho mì-mhodhail,' thuirt a màthair, ged a thug i sùil air Anna agus Dòmhnall gus faicinn dè chanadh iad.

'Chan eil i,' arsa Dòmhnall, a' gàireachdainn agus a' toirt duc lag air gàirdean a pheathar.

Chaidh Ceit a chur dhan chidsin a dhèanamh teatha. Bha màthair Dhòmhnaill na glòraidh.

'Bha mi tòiseachadh a' smaoineachadh nach robh mi dol a dh'fhaicinn an latha seo gu bràth. Bha mi fhìn agus d' athair a' beachdachadh air an airgead a bha sinn dol a thoirt dhut nuair a phòsadh tu a chleachdadh airson an saoghal a shiubhal airson bliadhna. Tha an cothrom sin air falbh a-nis ach 's mi a tha coma – cò a tha ag iarraidh grian co-dhiù?'

'Cò air a bha i a-mach?' smaoinich Anna.

Dh'fhaighnich a mhàthair an uair sin mu fhainne. Dh'inns iad gun robh iad an dùil tè a thaghadh còmhla an ath sheachdain. Dh'fhàg i an rùm, a' tilleadh ann an còig

---

measgachadh de bheòthalas agus boil *a mixture of fervour and excitement*
sgreadalaich mar dhealtag *screeching like a bat*
duc *punch*
na glòraidh *in her element*

mionaidean le fàinne àlainn le clach òir gheal. Bha i sìmplidh, clasaigeach agus b' ann le seanmhair Dhòmhnaill a bha i. Thairgs' i an fhainne dhaibh nam biodh iad ga h-iarraidh.

Chuir Dòmhnall an fhainne air a corraig agus airson beagan dhiogan, dhìochuimhnich an dithis aca nach robh seo dha-rìribh, iad fo bhuaidh a' mhòmaid, an fhainne àlainn agus aoibhneas phàrantan Dhòmhnaill.

'Ma bhios sibh leth cho toilichte 's a bha mo mhàthair agus m' athair agus a tha sinne air a bhith, cha bhi feagal dhuibh,' thuirt màthair Dhòmhnaill.

Cha smaoinicheadh Anna air àm na beatha far an robh i a' faireachdainn na bu shuaraiche.

*

Air an t-slighe dhachaigh, dh'fhàs Anna na b' fheargaiche agus na b' fheargaiche. A rèir choltais, bha pàrantan Dhòmhnaill air innse dha fhèin agus dha Ceit bliadhnaichean air ais gum faigheadh iad cnap math airgid bhuapa nuair a phòsadh iad – deich thar fhichead mìle nota!

Bha fhios aig Anna gun robh an dol-a-mach aice mì-reusanta ach cha b' urrainn dhi a leasachadh. Chun an seo, bha i den bheachd gur e ise a bh' air a bhith a' stiùireadh ghnothaichean agus a-nis, bha i a' faireachdainn gun deach a mealladh. An t-ìoranas! An robh Dòmhnall dìreach ag iarraidh a pòsadh gus grèim fhaighinn air an airgead seo?

Rèitich iad seachdainean air ais nach toireadh iad càil bho chach a chèile nuair a dhealaicheadh iad. An robh Dòmhnall a' cleith fiosrachadh mun airgead sin bho Anna gus nach biodh i ag iarraidh an dàrna-leth air am biodh i airidh nuair a phòsadh iad? Chronaich Anna i fhèin airson leithid a smuain – cha b' urrainn dhi creidsinn gum biodh Dòmhnall cho suarach ri sin, agus cha robh ise ag iarraidh sgillinn den airgead seo co-dhiù.

---

suarach *wretched*

Air ais sa flat, cha robh dùrd aig Anna. Bha i a' faireachdainn dubhach agus ciontach, gu h-àraid gach turas a choimheadadh i ris an fhainne. Dè fo ghrian a bha i a' dèanamh?

'Chan eil roghainn againn a-nis, Anna. Feumaidh sinn leantainn oirnn. Chan urrainn dhuinn gealladh-pòsaidh a thoirt seachad agus an ath latha cantainn gur e mearachd a bh' ann. Dè tha mi dol a ràdh ri daoine – oh, smaoinich mi mu dheidhinn a-rithist agus b' fheàrr leam nach robh mi air faighneachd dhith?

'Eadar mi bhith a' gal agus mo shrann mar chrith-thalmhainn, bu chòir dhomh a bhith toilichte gu bheil duin' idir dol ga mo phòsadh!'

'A bheil thusa dìreach ga mo phòsadh airson an airgid?' dh'fhaighnich Anna.

'A bheil thusa dìreach ga mo phòsadh airson nam preusantan?' dh'fhaighnich Dòmhnall.

Dh'fheuch Anna gun gàire a dhèanamh ach cha do dh'obraich e.

'Nuair a bhruidhinn mo mhàthair mu shiubhal, bhuail e orm gum bu chòir dhuinne beachdachadh air rudeigin dhan t-seòrsa sin a dhèanamh – an t-airgead seo agus na tiodhlacan eile a chur gu feum. An àite falbh airson mìos nam pòg, carson nach fhalbh sinn airson grunn mhìosan? Dè do bheachd?'

Cha robh càil a dh'fhios aig Anna dè bha i a' smaoineachadh tuilleadh a bharrachd air gun robh i cho sgìth ri seann chù às dèidh caran an latha – afternoon tea àlainn aig Cameron House, gealladh-pòsaidh a thoirt seachad, a' faighinn a-mach mun airgead, ciont cianail ga buaileadh agus a-nis plana ùr a dhol a shiubhal an t-saoghail. Bha iad air a thighinn gun na h-ìre-sa – bha cho math dhaibh leantainn air adhart. Feumaidh tu bhith faiceallach mu na tha thu a' miannachadh – nach e sin a bhios iad ag ràdh? Bha i ag iarraidh faighinn air falbh bho beatha àbhaisteach greis.

Cha robh teagamh ann nach robh i air sin a choilionadh.
Bha banais ri chur air dòigh.

*

Chaidh na seachdainean a lean seachad ann an sgleò. Nochd cairtean, preusantan agus iomadh botal champagne agus fìon. Bha am pàigheadh air ais air tòiseachadh agus ise air iomadh botal a thoirt seachad thar nam bliadhnaichean.

Thuig Anna nach robhas an dùil càil fhaicinn air a h-aodann ach fiamh a' ghàire dhrilseach mar nach robh duine air talamh cho dòigheil rithe. B' ann dìreach nuair a bha rudeigin co-cheangailte ris a' bhanais ag adhbharachadh uallach an aon àm a bha e ceadaichte dhi gun a bhith ag amas air rùm a dheàlradh leatha fhèin. Bha am pàirt sin furasta gu leòr.

Bha a piuthar coltach ri tè air an d' fhuair am Fear-millidh grèim nuair a thàinig e chun a' bhanais a chur air dòigh. B' e 'diofraichte' am facal a bu fhreagraiche do Raonaid. Cho diofraichte agus nam fàgadh i an taigh le sgiorta am broinn a drathais gun fhiosta, cha b' e sin dham biodh daoine a' mothachadh agus iad air am beò-ghlacadh le a h-èideadh. Bha pàtranan, stòidhlean agus dathan a' tighinn còmhla air Raonaid mar gun deach an dealbh le buidheann-chloinne ann an sgoil-àraich a bha air an ciall a chall tro chus 'E numbers', ach airson adhbhar air choreigin, bha a h-uile càil a' coimhead nàdarrach air Raonaid.

Bhiodh daoine a' coimhead oirre ge bith càit an robh i, ag amas air dèanamh a-mach an robh stoidhle mhìorbhaileach aice neo an robh i dìreach cho misneachail 's gun robh coltas ann gun robh stoidhle mhìorbhaileach aice. Bha Raonaid radaigeach sa h-uile pàirt de a beatha.

Sin an t-adhbhar a chuir facail Raonaid, a' chiad turas a choinnich iad gus bruidhinn mun bhanais, feagal a beatha air Anna.

---

drilseach *dazzling*
am Fear-millidh *the Devil*
èideadh *outfit*

'Tha mi ag iarraidh gum bi a' bhanais agad eadar-dhealaichte,' ghairm i.

'Dè tha thu a' ciallachadh le eadar-dhealaichte?' dh'fhaighnich Anna, a h-aodann a' call an dath, a casan a' lagachadh, ìomhaighean de na dh'fhaodadh Raonaid a bhith a' ciallachadh a' dannsa na h-eanchainn, banais 'fancy dress', neo banais le teama *Downton Abbey* neo *Breaking Bad*. Ged a bha Raonaid tàlantach agus cruthachail, cha robh Anna a' smaoineachadh gum biodh cuid de a beachdan freagarrach a bhith faisg mìle air banais.

'Tha mi ag iarraidh gun tig daoine dhachaigh an oidhche sin ag ràdh nach robh iad a-riamh air a bhith aig banais coltach ris.'

'Aidh, ach chan eil thu ag iarraidh gum bi daoine ag ràdh sin airson nan adhbharan cheàrr, a Raonaid.'

'Na gabh thusa dragh, Anna. Coimheadaidh mise às dèidh a h-uile càil. Tha mi fhìn, Lucy agus Ben a' beachdachadh air gnìomhachas a thòiseachadh far am bi sinn a' cuideachadh dhaoine gus a bhith a' cur thachartasan air chois, a' tairgse rudan ùra agus diofraichte dhaibh. Bhiodh e math cuid de na rudan sin fheuchainn aig a' bhanais agad fhèin.'

Dh'fhairich Anna tinn. Bha a piuthar airson a' bhanais aice a thionndaidh gu bhith na phròbhail. Cha robh fhios de dh'fheuchadh i. Dha Anna agus Dòmhnall, bha a' bhanais gu bhith na latha deuchainneach a mhiannaich iad faighinn troimhe cho luath 's a ghabhadh ach mura faigheadh i air smachd a chumail air a piuthar, bha a piuthar dol a dh'fhaighinn na bha i ag iarraidh – latha nach dìochuimhnicheadh na h-aoighean gu bràth.

*

Dh'innns a caraidean-pòsta dhi gun robh e nàdarrach a bhith a' faireachdainn draghail agus nearbhach bho àm gu àm. Cha b' e na h-aon draghan 's a bh' acasan a bh' aig Anna,

---

pròbhail *experiment*

ge-tà. Bhon oidhche a fhuair i a-mach mun airgead bha i an-fhoiseil, ged a bha fios aice gun robh sin gòrach. Bha an dithis aca cho dona ri chèile 's iad a' mealladh dhaoine ach bha i air a bhith den bheachd gur e duine snog a bh' ann an Dòmhnall. Cha robh i cho cinnteach tuilleadh, i ag amas air dèanamh a-mach an robh e a' mealladh a phàrantan fhèin airson airgead fhaighinn.

Bha aice ri dhol a Lunnainn. Eadar aon rud agus rud eile, bha greis bho nach fhac' i Iòsaiph. Cha robh càil a dhùil aice cadal còmhla ris tuilleadh. Ach, chaidh grunn dhiubh a-mach gu taigh-seinnse. Cha do dh'òl Dòmhnall agus Anna mòran sa ghreis mu dheireadh, feagal orra gun canadh iad càil nach bu chòir. Thug am fìon buaidh oirre agus 's ann a thug i fiathachadh do Iòsaiph thighinn air ais don rùm aice, cleas an àbhaist.

'Feumaidh mi ràdh, Anna, gu bheil e a' cur iongnadh orm gu bheil mi seo. Tha fhios agam gur mi aon de na fireannaich as tarrangaiche ann an Lunnainn ach tha thusa ann an trom-ghaol agus an impis pòsadh. Cha shaoil leam gu bheil thu cho toilichte 's a bu chòir dhut a bhith. Cuideachd, às dèidh na dh'innis thu dhomh mu Chaomhain a' falbh le Samantha, tha e duilich a chreidsinn gu bheil thusa a-nis a' dèanamh seo air Dòmhnall.'

Cha b' urrainn dha Anna stad a' rànaich neo a bhruidhinn agus i na laighe san leabaidh, cluasan Iòsaiph dìreach a' faighinn faochadh nuair a dh'òladh i balgam eile fìon.

Nuair a dhùisg Anna an ath mhadainn, cha robh fios aice càit an robh i. B' e an aon rud air an robh fios aice gun robh a ceann a' faireachdainn mar gun robh cuideigin a' slàraigeadh oirre le òrd.

'Ciamar a tha do cheann-sa an-diugh?' dh'fhaighnich cuideigin.

An uair sin chuimhnich Anna mar a bha an oidhche a-raoir air a dhol. Uill, chuimhnich i pàirt dheth. Cha stadadh an rùm

---

slàraigeadh *thumping*

a' cur nan caran. O mo chreach 's a thàinig, smaoinich Anna. Dè bha i air innse dha Iòsaiph? Shuidh' i an-àirde agus choimhead i dhan aodann aige airson tuairmse ach cha robh gin ann.

Le oidhirp mhòr, dh'èirich i. Thàinig Iòsaiph le botal uisge agus le pilichean, ag ràdh gun do rinn an fheadhainn a ghabh esan bho chionn leth uair a thìde feum mòr dha. Deagh chomharra a bha sin, oir 's iongantach mura robh esan dha dhalladh a-raoir cuideachd agus nach biodh cuimhne aige air càil a thuirt i. Dè thuirt i co-dhiù?

'Bha thusa a' cur a-mach mar mhinistear a-raoir,' thuirt e.

Theab Anna cur-a-mach de sheòrsa eile a dhèanamh.

'Tha mi an dòchas nach tug thu feart sam bith ri na thuirt mi. Tha mi dìreach nearbhach mu bhith a' pòsadh. 'S e rud mòr a th' ann.'

''S e,' thuirt Iòsaiph, gàire mhòr air aodann.

'Dè bha sin a' ciallachadh?' smaoinich Anna, feagal a beatha oirre.

Anns an trèana, bheachdaich Anna air dè bu chòir dhi dèanamh. Ma bha i air a h-uile càil innse dha Iòsaiph, an canadh e càil? Am bu chòir dhi airgead a thairgse dha, an obair aice fhàgail gus nach fhaiceadh i e tuilleadh neo gluasad gu Mongòilia? Cia mheud duine anns an oifis aice ann an Glaschu air an robh e eòlach agus dham b' urrainn dha innse? An creideadh duine e?

Bha Anna cinnteach gun robh an aois air laighe oirre gu mòr ann an ceithir uairean fichead.

★

Cha robh càil air a shon ach dìreach a bhith an dòchas gum biodh a h-uile càil ceart gu leòr agus a' leantainn air adhart mar a bha. Cho-dhùin Anna agus Dòmhnall leigeil le Raonaid cùisean a chur air dòigh oir carson nach bu chòir dhìse buannachd air choreigin fhaighinn às a' phòsadh mar a bha iadsan?

Gealladh-pòsaidh agus an t-ullachadh

Nochd i aig oifis Anna aon latha le dreasa-bainnse àlainn a cheannaich i air Ebay. Cha bhiodh Anna air a taghadh gu bràth ach chan fhaigheadh i seachad cho math 's a bha i a' tighinn rithe.

B' e Raonaid agus Ceit an dà mhaighdinn a thagh i. Bha Raonaid dol a dhealbh agus a dhèanamh dreasa dhan dithis aca. Bhiodh gu leòr aig Ceit ri ràdh mun sin!

Cha robh teagamh nach robh Raonaid air tòrr den uallach a thoirt bho Anna agus Dòmhnall. Ann an cuid a dhòighean, 's ann a bha i air cur ris gu mòr.

B' ann aig deireadh na Dàmhair a bha iad dol a phòsadh. Thàinig Raonaid thuca le taghadh de dh'àiteachan. Chuir fiù 's na molaidhean a bu ghlice air an liosta air brùthadh-fala Anna sgeith dhan iarmailt.

'Bata air a' Chluaidh?!'

'Bhiodh sin cho romansach agus bhiodh turas agus sealladh àlainn aig daoine. Bhiodh e sònraichte,' thuirt Raonaid.

'An Cluaidh anns an Dàmhair agus deoch làidir sa ghnothaich? Cha mhòr nach eil cur-na-mara a' tighinn ormsa dìreach a' smaoineachadh air. Agus dè ma tha òraidean fada ann? Mura bi sinn faiceallach, bi daoine a' leum dhan abhainn airson faochadh fhaighinn bhuapa!'

'Na Barralands? An urrainn dhut fiù 's pòsadh aig na Barralands?' dh'fhaighnich Dòmhnall.

'S urrainn. 'S e rud gu math ùr a th' ann agus chan eil mòran chupal air a dhèanamh, ach smaoinich air an eachdraidh a tha co-cheangailte ris agus an liuthad duine a th' air nochdadh air an àrd-ùrlar ann. Dh'fhaodadh am prìomh bhòrd a bhith air an stèids' agus smaoinich na ghabhadh dèanamh leis na solais aca?'

'Cuimhnich, a Raonaid, tha sinn ag iarraidh cùisean a chumail sìmplidh.'

Bhuail sùilean Dhòmhnaill agus Anna air aon de na roghainnean eile aig an aon àm ach b' e faireachdainn gu

---

brùthadh-fala *blood pressure*

tur eadar-dhealaichte a dh'èirich annta.

'Pàirce Hampden – wow. Bhiodh sin iongantach.'

'Agus faodaidh tu dealbhan a thogail aig oir na pàirce agus an taigh-tasgaidh a chleachdadh cuideachd. Smaoinich mi gun còrdadh sin riutsa, a Dhòmhnaill.'

Thug Dòmhnall agus Raonaid sùil air Anna. Dh'aithnich iad nach robh e gu math sam bith dhaibh leantainn leis a' chòmhradh 's gun dòigh air thalamh a bha Anna dol a dh'aontachadh pòsadh aig raon bhall-coise, fiù 's ged a b' e Hampden a bh' ann.

Mu dheireadh, ràinig iad co-dhùnadh leis an robh iad uile dòigheil.

*

Cha bhiodh duine ach Anna agus Dòmhnall a' gabhail gnothaich ri cò a gheibheadh fiathachadh. Nach iad a bha gòrach smaoineachadh sin agus liosta aig am màthraichean de dhaoine a dh'fheumadh fios fhaighinn fiù 's ged a bhiodh iad a' pòsadh ann an bucas-fòn!

Cha do thuig Anna a-riamh carson a dh'fheumte cuireadh a thoirt do charaidean do phàrantan. Dè mura bu chaomh leatsa iad neo nam biodh iad an-còmhnaidh a' bruidhinn air mar a fhliuch thu thu fhèin aig pàrtaidh dìnneir aig an taigh aca nuair a bha thu ochd? Nam biodh Anna a' pòsadh airson gaol, shabaideadh i mun ghnothaich ach b' e dòigh smaoineachaidh diofraichte a bha a dhìth san t-suidheachadh seo. Bha cuid de charaidean am pàrantan gu math beairteach, agus bha sin a' ciallachadh deagh phreusantan.

Rinn iad liosta den a h-uile banais aig an robh iad fhèin air a bhith. Bha e mar chunntas dem beatha, cunntas a dh'adhbhraich aoibhneas, bròn agus cianalas.

Bainnsean aig an robh iad nan clann – làithean èiginneach a shìn a-mach dhaibh mar sheachdainean, daoine a' sùileachadh gum biodh iad cho còir ris an òr. An uair sin, bainnsean mar dheugairean, iad ag amas grèim fhaighinn air deoch làidir nuair nach robh sùilean nan inbheach orra neo nuair a bha iad cho làn deoch agus nach robh dragh aca. Bainnsean charaidean – làithean làn toileachais, deoch agus gàireachdainn. Bainnsean aig daoine a chleachd a bhith nan dlùth charaidean ach nach robh an-diugh air diofar adhbhar. Bainnsean far an robh iad air a bhith le bràmairean eile.

Mean air mhean, thàinig liosta nan aoighean còmhla – teaghlach, caraidean, co-obraichean agus caraidean nam pàrantan. Bha iad cuideachd carach mun ghnothaich – fiathachaidhean a' dol gu càirdean fad às ann an Canada agus Ameireagaidh a bha math dheth agus a' cumail suas an càirdeas leis an t-seann dùthaich. Fiathachaidhean cuideachd a' dol gu seann chàirdean ann an Alba mar Uncail Doilidh Dhòmhnaill anns an Òban, nach do dh'fhàg a dhachaigh airson ochd bliadhna ach a bha gu math còir nuair a thigeadh e gu preusantan, agus seann antaidh aig Anna ann an Astràilia nach deigheadh air plèana tuilleadh. Bhiodh gearanan an-còmhnaidh aig cuideigin nach d' fhuair fios ach cha robh teansa ann gum biodh duine a' faireachdainn diombach nach d' fhuair iad cuireadh gu banais Anna agus Dòmhnall.

Bha facal aig Raonaid ri ràdh nuair a chunnaic i an liosta.

'Anna, nach eil math dhut fiathachadh a thoirt don fhear a ghlan an càr agad aig solais-thrafaig Rathad Dumbarton agus Rathad Byres –'s esan an aon duine a choinnich thu a-riamh dha nach tug thu fiathachadh? Dè ma thig a h-uile duine a tha seo? 'Eil sibh cinnteach nach eil sibh ag iarraidh Pàirce Hampden?!'

Aig deireadh gnothaich, chaidh na ceudan de chuiridhean a-mach, cinnt aca gun robh àireamh mhòr de dhaoine nach tigeadh. Fiù 's mura robh iad a' dol chun na bainnse, bheireadh a' mhòr-chuid a fhuair cuireadh seachad preusant. Sin an dòchas a bh' aig Dòmhnall agus Anna.

5

Banais na Bliadhna

The big day dawns, and Raonaid has not disappointed them. It's a wedding nobody will forget in a hurry, because any guests with unusual talents have been roped in to provide the entertainment. It's a more raucous affair than Anna's mother might have liked, but everyone is having fun. Anna is thoroughly enjoying herself until she spots someone she hadn't expected to be there... someone who could spoil everything.

Ann am priobadh na sùla, thàinig an latha.

Bha Anna agus suain na h-oidhche nan srainnsearan. An àite cadal cha robh aice ach teagamhan, ceistean 's àmhghar. B' e am feagal a bu mhotha a bh' oirre gun robh an latha gu bhith nas coltaiche ri soircas seach banais. B' ann nuair a chunnaic i na bha a piuthar air a dhèanamh leis na cuiridhean a chaidh am feagal sin gu àirde.

Bha na cuiridhean sìmplidh. Dh'fheumadh iad a bhith oir bha uimhir dhiubh a' dol a-mach. Dè math airgead agus ùine a chosg orra oir cia mheud cuireadh-pòsaidh air a bheil cuimhn' aig daoine? Ach, bha Raonaid air dà loidhne bheag neo-àbhaisteach a chur riutha.

'A bheil sgilean neo tàlantan sònraichte agaibh a ghabhadh cleachdadh air latha na bainnse? Ma tha, leigibh fios.'

'A Raonaid, dè tha seo? Carson fo ghrian a tha thu a' faighneachd sin?'

'Tha e iongantach na sgilean a th' aig daoine agus gun sgeul air a' mhòr-chuid air. Ma nochdas gin iongantach, chuireadh e gu mòr ris an latha a dhèanamh nas pearsanta.'

àmhghar *anxiety*

'De seòrsa sgilean? Ma tha cuideigin math air tatùthan, a bheil thu dol a thoirt cothrom dha daoine fear fhaighinn fhad 's a tha iad a' feitheamh am biadh, neo a bheil thu a' beachdachadh gum bi caisreabhaiche a' gluasad timcheall orm 's mi coiseachd a dh'ionnsaidh Dhòmhnaill? Agus na smaoinich thu mu chuid de na tàlantan a th' aig daoine? An cuala tu duine a-riamh coltach ri Antaidh Sine a' toirt seachad fiosrachadh mionaideach mu mar a thachair dhìse leis na bharicose bheins, cho àmhgharach 's a bha e nuair a rugadh Pòl 's e deich punnd ach nach robh sin càil coltach ri nuair a nochd Coinneach agus e dusan punnd?! A bheil thu dol a thairgse oisean dhìse aig a' bhanais gus an dà cheud trioblaid mheidigeach a th' air a bhith aice innse do dhaoine?!'

'O mo chreachs', Anna, stad a bhith cho dramataigeach. 'S beag an t-iongnadh gum biodh Mam an-còmhnaidh ag ràdh riut nuair a bha sinn òg gum bu chòir dhut a bhith ann an Hollywood.'

*

Bha an còmhradh sin a' dannsa tro h-inntinn madainn na bainnse agus i a' beachdachadh air cho beag smachd a bh' aice fhèin agus Dòmhnall air an latha. Rinn i a dìcheall earbsa a chur ann an Raonaid.

Cha b' fhada gun robh i ro thrang gus beachdachadh air an sin, ge-tà. Dh'fhuirich i fhèin, a màthair, Raonaid agus Ceit ann an Cameron House an oidhche roimhe. B' ann air bruaichean an locha a bha am pòsadh gu bhith – pòsadh daonnaireach, an còrr den latha an uair sin ann an talla-coimhearsnachd ann am Bearsden.

B' e beachd Raonaid a bh' ann an Loch Laomainn oir b' ann an sin a thug iad gealladh-pòsaidh seachad agus

---

caisreabhaiche *juggler*
daonnaireach *humanist*

bha e cho àlainn. Bha Anna teagmhach 's gun fhios mun aimsir ach mhol Raonaid gun toireadh busaichean daoine a-mach ann bho dhiofar cheàrnaidhean den bhaile agus gu faodadh daoine dìreach suidhe annta ma bha an aimsir ro dhona. Abair clasaidh! Bhiodh cuid a dhaoine a sheasadh a-muigh ge bith dè cho mì-chàilear 's a bha an latha agus chruinnicheadh iad tiùrr sgàileanan-uisge do dhaoine.

Bha a màthair agus Raonaid air an cois tràth gus an latha a chur a dhol. Nuair a nochd Ceit aig bracaist le gàire mhòr air a h-aodann, choimhead a h-uile duine rithe gu geur a' ceasnachadh an robh i air 'happy pills' air choreigin a ghabhail. Gu ruigeadh seo, gach turas a dheigheadh bruidhinn mun bhanais neo a dheigheadh iarraidh oirre pàirt a ghabhail ann an càil co-cheangailte ris, bha e mar gun deach iarraidh oirre a caolan a reubadh a-mach à bodhaig agus an ithe. Ge bith dè bh' ann, cha robh Anna a' gearan. Bha i an amharas gun robh Dòmhnall neo a phàrantan air airgead a thairgse dhi nam biodh i aighearach fad an latha!

Sin a' chiad iongnadh den mhadainn. Bha an dàrna fear na b' fheàrr buileach agus coltas sgoinneil air an latha. Nan cumadh an latha air mar seo, chan iarradh na b' fheàrr. Fad sheachdainean, bha a màthair a' cur theachdaireachdan thuice le tomhasan aimsir airson an latha – 's na làithean mu dheireadh, bha Anna air a bhith a' faighinn teacsan gach uair a thìde! Bha e a' dol air an nut aice.

B' e Raonaid a bha gu bhith an urra ris a' mhaise-gnùis aice fhèin, Ceit agus Anna. Dhùisg seo droch chuimhneachain do dh'Anna agus i air leigeil dha piuthar a h-aodann a chleachdadh nuair a thoisich i a' sealltainn ùidh ann am maise-gnùis. Thionndadh Anna gu bhith na tuaistear ann am priobadh na sùla. Gu taingeil, bha Raonaid air adhartas

---

tiùrr sgàileanan-uisge *a pile of umbrellas*
caolan *intestines*
tomhas *prediction*
tuaistear *clown*

mòr a dhèanamh bho na làithean sin. Fhathast, mhaoidh i oirre gun càil radaigeach fheuchainn.

Bha na rumannan aca nam boil – aodach dha rianachadh 's dha sgioblachadh, maise-gnùis dha pheantadh, falt 's daoine gan splogaigeadh, sgoradhail agus gàireachdainn bho gach taobh. B' e dithis bho cholaiste ann an Glaschu a bha an urra ri falt a' cheathrair aca. Beachd eile bho Raonaid oir chòrd e rithe cothrom a thoirt do dhaoin' ùra agus nan deigheadh leotha, dh'fhaodadh i fhèin, Lucy agus Ben an cleachdadh airson a' ghnìomhachais aca fhèin. Bha Lucy air a bhith sa cholaiste còmhla ri Raonaid, a' togail dheilbh an sgil aicese. Nochd ise chiad char sa mhadainn, a' tòiseachadh air dealbhan a thogail sa bhad.

Nuair a theannadh e dlùth air trì, dh'fhalbhadh iad. Bha Raonaid air faighinn a-mach bho Dhòmhnall cò de na h-eòlaichean aca aig an robh carbadan snog neo diofraichte. Bha Anna coimhead air adhart ri siubhal bhon taigh-òsta chun a' phòsaidh ann an stoidhle – Rolls-Royce, Audi, BMW neo Mercedes. B' e a fhuair i ach Hillman Imp agus a dh'aindeoin Dòmhnall agus a h-athair innse dhi gur e càr sònraichte, clasaigeach a bh' ann, cha robh Anna cho cinnteach. B' ann le caraid Dhòmhnaill a bha e. B' e Beetle an còmhdhail a bha gu bhith aig Dòmhnall agus a fhleasgach.

Sna beagan mhionaidean a bha i sa chàr, rinn Anna gàire bheag rithe fhèin a' smaoineachadh air cho dona 's a ghabh cuid e nuair a dh'innis iad gur e banais dhaonnaireach a bha gu bhith aca. Bha e èibhinn a' coimhead air ais air ach cha robh aig an àm!

Abair gun robh mì-chinnt mu thimcheall dè dìreach a bh' ann. Thug e seachdainean toirt air a màthair creidsinn nach robh ceangal sam bith aig pòsadh daonnaireach ri

maoidh *warn, threaten*
splogaigeadh *sprucing up*
sgoradhail *shouting*
fleasgach *best man*
daonnaireach *humanist*

buisneachd! Aig sealbh a bha fios càit an robh i fhèin, a
peathraichean agus an caraidean a' faighinn an fhiosrachaidh
aca ach ag èisteachd riutha, shaoilear gur ann aig meadhan-
oidhche a dh'fheumadh am pòsadh a bhith agus gum biodh
aig na h-aoighean ri dannsa mun cuairt Anna agus Dòmhnall
fhad 's a bha iadsan ag òl fuil càch a chèile!

Às dèidh dhi an inntinn a chur aig fois, theab i car a chur
an amhaich Raonaid, a shaoil gun robh e uile cho èibhinn
agus a dhùisg na draghan aca a-rithist le bhith ag innse
dhaibh gum biodh ìobairt dha dhèanamh de rabaid às leth
Dhòmhnaill agus Anna a dh'fheumadh a bhith luirmeachd
fhad 's a thachradh sin!

Ràinig iad an ceann-uidhe trì mionaidean às dèidh trì.
Tharraing i h-anail. Chaidh doras a' chàir fhosgladh dhi. Bha
e fuar ach dh'fhairich i a' ghrian air a craiceann cuideachd.
Bha e tioram – sin an rud a bu chudromaiche. Cho fad 's gu
seasadh an tiormachd greis bheag eile agus nach fhaigheadh
duine an grèim, cha robh dad ri ràdh.

Choimhead i air thoiseach oirre. Bhuail iomadh nì i aig
an aon àm. Àireamh mhòr de dhaoine spaideil, gàire air an
aodainn uile a' coimhead rithese, sealladh iongantach de
Loch Laomainn a' deàrrsadh air an cùlaibh. An uair sin,
chuala i aon bhuil de dh'iarratas Raonaid a' lorg sgilean
sònraichte dhaoine. Fhad 's a chluich Anndra, aon de a
caraidean-sgoile, an fhidheall, sheinn Trudy, co-obraiche do
Dhòmhnall ann an guth àlainn cumhachdach.

> *'When I am down and, oh, my soul, so weary;*
> *When troubles come and my heart burdened be;*
> *Then I am still and wait here in the silence,*
> *Until you come and sit awhile with me.'*

B' e tè làidir a bh' ann an Anna ach theab gun robh
seo uile cus dhi, faireachdainn neònach ga cuairteachadh

---
buisneachd *witchcraft*
ìobairt *sacrifice*

– toileachas. Cha robh i cinnteach dè dhèanadh i leis. Ciamar a b' urrainn do phòsadh stèidhichte air breugan uimhir de bhuaidh a thoirt oirre?

Dh'fheumadh i smaoineachadh air gach ceum a ghabhadh i. Dh'fheumadh i cuimhneachadh anail a tharraing. Dh'fheumadh i dèanamh cinnteach gun robh a h-eanchainn ag innse dha beul gàire a chumail air a h-aodann agus gabhail air a socair. B' e Raonaid agus Ceit a bha a' coiseachd còmhla rithe. A-muigh neo a-mach, cha leigeadh Anna le h-athair coiseachd ri a taobh. Bha cuid a thraidiseanan a bha cudromach an cumail - cha b' e seo aon dhiubh am beachd Anna. Cha b' ann le duine sam bith a bha ise airson 's gun gabhadh a toirt seachad do fhear eile mar bheathach chaorach.

Ghabh a h-athair ris nuair a dh'inns Anna seo dha. Chaidh a màthair gu osnaich fad seachdain.

'Nach ann orm a thàinig an dà latha,' theireadh i ri duine sam bith a dh'èisteadh.

Bha gu leòr de thaic aice am measg a cuid-eòlaichean, cinn gan crathadh gun stad ann an co-fhaireachdainn, seo na dhearbhadh eile dhaibh gun robh uimhir mu mhodhan ùr-nòsach an t-saoghail nach tuigeadh iad gu bràth.

Bha Anna a' coinneachadh sùilean cuid air an t-slighe seachad. Às dèidh grunn cheumannan, mhothaich i nach robh sùilean dhaoine anns an fharsaingeachd oirrese tuilleadh. Lean i an sùilean gu a làimh cheart far an robh Raonaid.

Bhon mhionaid a dhùisg i sa mhadainn, bha Raonaid air a bhith mìorbhaileach, a bharrachd air nuair a dh'fheuch i ri toirt air Anna agus Ceit suidhe ann an cearcall san taigh-òsta airson dian-mheòrachadh. Bha Anna agus Ceit air an aon ràmh mun sin! Chùm Raonaid smachd air a h-uile càil agus rinn i obair mhòr gus am biodh gach nì agus neach, gu h-àraid Anna, a' coimhead cho bòidheach 's a ghàbhadh. Ged a chunnaic Anna Raonaid a' dèanamh deiseil ann an

---

dian-mheòrachadh *meditation*

ùine a bha coltach ri còig mionaidean, cha robh i air aire cheart a ghabhail dhi agus a ceann ann am brochan.

B' e dreasa fada dubh satin a bh' oirre, a falt a' tuiteam agus ag èirigh timcheall a h-aodann mar gun robh i air an latha gu lèir a chur seachad aig gruagaire seach a dhèanamh i fhèin ann an deich mionaidean le cnogan sprèidh-fuilt. Bhuineadh i aig teis-meadhan aon de phartaidhean Jay Gatsby.

Thàinig Anna thuice fhèin agus choimhead i air thoiseach oirre a-rithist gu far an robh Dòmhnall mus biodh daoine den bheachd gun robh car air a thighinn na h-amhaich. Ghlas i fhèin agus Dòmhnall sùilean a chèile. Chan eil fhios dè an sealladh a bha e a' faicinn air a bheulaibh agus a shùilean ro làn de dheòir gus ìomhaigh shoilleir sam bith fhaighinn. Chùm Trudy oirre a' dol.

'You raise me up, so I can stand on mountains;
You raise me up to walk on stormy seas.'

Stad Anna ri thaobh agus sheas iad a' sealltainn ri chèile, esan cho eireachdail na fhèileadh. Bhiodh boireannach air choreigin gu math fortanach aon latha an cothrom fhaighinn a phòsadh, smaoinich i.

Am measg nan rudan math mu bhanais dhaonnaireach, b' e gun robh smachd aca fhèin air na bòidean a dhèanadh iad. Mhiannaich iad gum biodh rudan sòlamaichte agus rudan nach robh cho sòlamaichte annta. Gheall an dithis aca gum biodh iad nan cèilean cho math 's a ghabhadh, gun smaoinicheadh iad air an neach eile anns gach co-dhùnadh a dhèanadh iad agus gum biodh càirdeas, conaltradh, tuigse, coibhneas agus dìbhearsain aig cridhe a' phòsaidh aca.

'Tha mise a' gealltainn gun tig mi gad fhaicinn a' cluich spòrs air choreigin co-dhiù ceithir turais gach bliadhna, gum bi mi foighidneach nuair a bhios tu ag ath-aithris

---

cnogan spreidh-fuilt *a can of hairspray*

loidhnichean Ron Burgundy agus nì mi mo dhìcheall gun do thachdadh nuair a tha thu air a bhith le srann airson trì uairean a thìde gun stad,' thuirt Anna.

'Tha mise a' gealltainn gun cùm mi mo bheul dùinte nuair a bhios tu a' mìneachadh dhomh carson a tha e cho èiseil paidhir bhrògan eile a cheannachd trì seachdainean às dèidh na paidhir bho dheireadh, gu feuch mi ri tuigsinn an tarraing a th' ann am *Mad Men*, agus gum feuch mi a bhith foighidneach nuair a dh'fhaighnicheas tu a-rithist dè as ciall dha Formula a h-Aon.'

Sheinn Trudy *At Last* le Etta James. Leugh caraid dhaibh beannachadh pòsaidh Apache. Le sin, bha e seachad. Bha iad pòsta!

Às dèidh beagan ùine a' bruidhinn ri daoine, a' faighinn phògan agus mheallan-naidheachd, thug Lucy iad a dhiofar àiteachan gus dealbhan a thogail. Bha na h-aodainn aca cho goirt 's a ghabhadh agus thug an dràibh chun an talla-choimhearsnachd cothrom dham beòil fois fhaighinn!

*

Cha leigeadh Raonaid leotha cuideachadh leis an talla neo fiù 's fhaicinn ron bhanais, nì a bha gam fàgail le beagan iomagain mu dè bha romhpa. Chùm sin inntinn far cho beag a rùm 's a bh' ann an cùl Hillman Imp.

Chan e aon, dhà neo fiù 's trì pìobairean a choinnich riutha aig an talla-choimhearsnachd ach còig agus drumair – comhlan-pìoba beag air an tarraing ri chèile bho aoighean na bainnse. Chan eil fhios de shaoil muinntir Bhearsden den fhuaim.

Am broinn an talla, chaill Anna a comas-labhairt. Cha robh i cinnteach an e foirfichte neo iargalta am facal ceart. Bha gach neach a' seasamh fhad 's a lean iad an còmhlan-pìoba

foirfichte *perfect*
iargalta *terrifying*

chun a' phrìomh bhùird, an fheadhainn as treuna agus as treandaidh ag amas air fèineag fhaighinn leotha san dol-seachad.

Bha bratach dhathte a' crochadh bho mhullach an talla, na bùird làn ghlainneachan agus neapraigean dathte, flùraichean a' sgeadachadh an talla agus aon bhalla air a dhèanamh suas de dhealbhan bhon latha ann an dubh agus geal, a thog Lucy le camara Polaroid.

B' e na h-òraidean an ath rud, còignear dhiubh ann. Bha an rùm sgaraichte ag èisteachd ri Dòmhnall, cuid den bheachd gun robh e cho ciut, an fheadhainn eile gun robh e bog agus e a' rànaich tron òraid. Bha na h-òraidean eile nam measgachadh de dh'fhacail àlainn, sgeulachdan èibhinn agus fealla-dhà a bha uaireannan mì-fhreagarrach gu leòr gus falt chuid a thionndadh liath.

Bho bhith aig iomadh banais, bha fhios aig Anna gur e deagh phàrtaidh, pailteas bidhe agus bàr saor na prìomh rudan bho shealladh aoigh. Bha na bùird làn de bhotail fìon agus Prosecco. Bu chòir gum biodh an deoch air daoine mus tigeadh aca ceannachd bho bhàr an talla. Eadar gach cùrsa, ghluais i fhèin agus Dòmhnall mun rùm, a' faighinn phògan, a' fàilteachadh agus a' dèanamh cinnteach gun robh cùisean a' còrdadh ri daoine.

Chùm Anna sùil air cuid a dh'aoighean. B' e aon de na rudan a bu doirbhe mu bhainnsean gum biodh iad a' toirt còmhla daoine nach robh dèidheil air a chèile. Gun teagamh, cha dhìochuimhnicheadh duine a' bhanais nam feuchadh Uncail Seonaidh ri Uncail Anndra a thachdadh neo nan stobadh Màiri Claire aodann Seasaidh Iain Alasdair san trifle, ach bhiodh e na b' fheàrr sin a sheachnadh.

Bhiodh ballrachd ann am Mensa feumail aig amannan mar seo gus taghadh na h-àiteachan-suidhe as freagarraiche gus daoine a chumail bho chèile. 'S iomadh ceann goirt a dh'adhbhraich sin dhan taobh aice fhèin agus taobh

---

fèineag *selfie*

Banais na Bliadhna

Dhòmhnaill. Carson fo ghrian nach b' urrainn do dhaoine dìreach faighinn air adhart le chèile?! Nach bochd nach robh rùm airson sin air liosta na bainnse...

Fad an fheasgair, bha buaidh Raonaid ri fhaicinn. Air falbh bhon phrìomh thalla, bha grunn sheòmraichean beaga. Chuir a piuthar cuid dhiubh gu feum. B' ann do chloinn a bha a' chiad fhear – làn de rudan gus an cumail air an dòigh agus beagan fois a thoirt dham pàrantan sa phrìomh thalla. A' cur seachad an ùine dhaibh, bha caisreabhaiche, fear a bha ri cleasan draoidheachd agus tè a bha a' dèanamh bheathaichean à bailiùnaichean. Uill, b' e beathaichean a bha còir a bhith annta ach bha Anna den bheachd gun robh cuid dhiubh nas coltaiche ri beathaichean a bha air a bhith ann an droch thubaist le bus.

San rùm seo, bha cuideachd bucas làn aodach de charactaran bho fiolm agus telebhisean – dh'fhaodadh a' chlann an aodach a chur orra agus an uair sin dealbhan a thogail dhiubh p' fhèin ann am bùthag bheag, iad a' faighinn an dealbh sa bhad. Bha na tiùrran de stuthan milis ann dhaibh, is iad air an dòigh nuair nach robh iad ag èigheachd, a' bìdeadh agus a' rànail! A' smaoineachadh mu dheidhinn, nach ann mar sin a bhiodh cuid de na h-inbhich mu dheireadh na h-oidhche cuideachd?

B' ann do dhaoine nas sine a bha aon de na seòmraichean eile, a bha cho ciùin 's a bha fear na cloinne cho mì-rianail. Bha teatha, cofaidh agus briosgaidean ann fad na h-ùine agus cothrom dhan fheadhainn a bha a' dol ann còmhradh ri chèile gun duine a' cur dragh orra.

San treas rùm, bha bùthan-dheilbh eile do dh'inbhich. Bha Anna den bheachd nach cleachdadh duine sin ach 's iad a chleachd oir às dèidh drama neo dhà, a rèir choltais, cha robh càil a chòrd ri an caraidean agus an teaghlaichean na bu mhotha na bhith a' cur orra adan, aodainn-choimheach,

---

cleasan draoidheachd *magic tricks*
aodann-coimheach *mask*

prop neo dhà a thogail agus dealbhan a tharraing. B' e an rud sgoinneil gun robh dà dhealbh a' nochdadh às an inneal, aon a b' urrainn dhaibhsan a chumail agus fear a chuireadh iad ann an leabhar do dh'Anna agus Dòmhnall le teachdaireachd nan togradh iad sin fhàgail. Bha fuaran teoclaid cuideachd san rùm. Smaoinich Anna gun robh e iongantach an cùram a bha cuid a bhoireannaich a' gabhail mu mhaise-gnùis, falt agus trusgan, ach ma bha cothrom ann gruag-bhrèige a chur orra is teoclaid fhaighinn bho fhuaran, cha robh ceist mu dheidhinn!

Mhothaich Anna a màthair. Chan aithnicheadh duin' oirre ach bha fios aig Anna gun robh i na h-èiginn agus eadar toirt a chreidsinn gur e seo an latha a b' fheàrr na beatha agus a' ceasnachadh dè fo ghrian an seòrsa banais a bha seo. Chumadh seo cadal bho a màthair grunn sheachdainean, i draghail mu na bhiodh daoine ag ràdh mun latha.

'An ann mar seo a tha neach a' faireachdainn nuair a tha iad air acid a ghabhail?' dh'fhaighnich a màthair dhith nuair nach robh duine faisg, ach fad na h-ùine a' cumail gàire air a h-aodann. Thug mì-chofhurtachd a màthar gàire air Anna.

Do dh'Anna agus Dòmhnall, bha e mar gun robh tìm a' dol còig tursan na bu luaithe nan àbhaist agus iadsan ag amas air bruidhinn ris a h-uile duine. Shaoil Anna gun robh an latha caran coltach ri bhith mar phàirt de *Alice in Wonderland*, Hogwarts agus soircas mòr aig an aon àm ach bha a h-uile diog a-riamh dheth mìorbhaileach agus bha Anna a' faireachdainn gur e banais na bliadhna dha-rìribh a bha seo. Chuir e iongnadh oirre a bhith a' smaoineachadh seo agus an latha cho eadar-dhealaichte ri rud a chuireadh i fhèin air dòigh. Bha i fhathast, ge-tà, air a nàrachadh gach

---

fuaran *fountain*
trusgan *outfit*
gruag-bhrèige *wig*

Banais na Bliadhna

turas a chitheadh i Iain, a' smaoineachadh air na chunnaic e air a choimpiutair.

Mu ochd uairean, nochd deannan eile airson tachartas na h-oidhche. Rinn iad a' chiad dannsa. Direach roimhe sin, chaidh na solais atharrachadh gus faireachdainn nas eagnaidh agus seacsaidh a thoirt air an talla. Nochd grunn bhallaichean gliotair. Cho-dhùin iad gun *Cry Me a River* a chleachdadh, na àite a' taghadh òran Scott agus Charlene – *Suddenly* le Angry Anderson. Ma bha e math gu leòr dha Kylie agus Jason, bha e math gu leòr dhaibhsan.

Lìon an làr an uair sin le dannsairean eile. Dh'fhairich Anna gum b' urrainn dhi dannsa fad na h-oidhche. Dhanns i fhèin agus Dòmhnall le diofar dhaoine. Ach gu h-obann, stad a h-uile càil – an ceòl, tìm, a cridhe cuideachd, bha i cinnteach.

Mu coinneamh air an ùrlair, a' dannsa an cois Laura, tè a bha air ùr-thòiseachadh ann an oifis Anna, bha Iòsaiph. Chaill i mothachadh. Thug Iòsaiph an aire dhith. Thàinig e a-null agus dh'fhaighnich e am faodadh e dannsa còmhla rithe. Dh'fhairich Anna mar gun robh i a' coimhead aig astar ri na bha tachairt rithe.

Bha Iòsaiph a' bruidhinn. Cha chuala Anna facal dheth, i direach mothachail gun robh a lipean a' gluasad. Thug i air a h-eanchainn èisteachd ri a bhriathran.

'…agus tha an talla a' coimhead… inntinneach.'

'Ciamar… dè… carson?' Dh'fheuch Anna ach cha tigeadh aice air seantans a chur ri chèile.

'Tha mi air a bhith a' falbh le Laura 'son trì mìosan agus thug i dhomh fiathachadh thighinn chun an dannsa còmhla rithe. Cha b' e ruith ach leum.'

Cha robh fhios aig Anna dè chanadh i neo dè a dhèanadh i, smuaintean nam brochan na ceann. Chùm i a beul dùinte

---

deannan *a group of people*
eagnaidh *intimate*
cha b' e ruith ach leum *I jumped at the chance*

cho teann 's a ghabhadh. Ge bith dè thachradh, cha leigeadh i leatha fhèin cur-a-mach air an làr-dannsaidh. Bha a pròis aice fhathast.

'An dùil dè chanadh daoine nam biodh fios aca?' thuirt e a' priobadh air Anna.

Cha robh càil eadar i tuiteam na pliac air an làr ach gàirdeanan Iòsaiph 's iad a' dannsa.

Nochd Laura an uair sin, a' toirt pòg mhòr do dh'Anna. Lorg Anna lùths. Choisich i air falbh agus chùm Iòsaiph agus Laura orra a' dannsa.

Air èiginn, fhuair i air a slighe a dhèanamh chun taigh-bhig, i ri gàire fhann, fuaimean neònach agus seòrsa de bhruidhinn ri daoine san dol-seachad. Theab gun do rinn i fhèin agus Dòmhnall an gnothaich. Thuig i a-nis gun robh i air a h-uile càil innse dha an oidhche ud. Bha e dol a' sgaoileadh na naidheachd – carson eile a bha e air nochdadh? Bha aon oidhche air iomadh mìos de dh'obair a mhilleadh.

Cha robh càil air a shon ach feuchainn ri toirt air inntinn atharrachadh. Dh'fhàg i an taigh-beag agus chaidh i a lorg Iòsaiph. Choisich i tron talla a' coimhead anns gach oisean. Thàinig e a-steach oirre gur dòcha gur e seo an turas mu dheireadh a bhruidhneadh mòran den fheadhainn anns an togalach seo rithe fhèin agus ri Dòmhnall. Cha thuigeadh duine sam bith na rinn iad.

Bha daoine a' bruidhinn rithe, ga pògadh agus ag iarraidh dhealbhan. Bha e duilich gluasad gun fhiosta agus tu ann an dreasa mòr, spaideil geal. Dh'fheuch Anna a bhith cho modhail agus cho nàdarrach 's a ghabhadh. Cha robh e furasta. Bha e cho duilich ri càil a rinn i a-riamh.

Lorg i Iòsaiph, Laura agus grunn eile, Dòmhnall nam measg, ann an rùm nan inbheach a' togail dheilbh le diofar phropan. Thug cuideigin an aire dhi agus dè bha na b' fheàrr ach fear agus tè na bainnse fhaighinn an sàs sa ghnothaich.

---

a' priobadh *winking*

tuiteam na pliac *collapsing in a heap*

Anns na mionaidean a lean, fhuair i i fhèin agus Dòmhnall a' togail dheilbh le diofar dhaoine agus propan mar fheusag ruadh, glainneachan-annain, giotàr, ad spùinneadair-mara, ad gille-cruidh, maracas, seacaid-tuaisteir agus gruag-bhreige phurpaidh. 'S e ise a-nis a bha a' faireachdainn mar gun robh i air acid. Bha a h-uile duine a' dibhearsain agus a' gàireachdainn. Bha Anna airson sgreuchail.

Dh'fheuch i cothrom fhaighinn bruidhinn ri Iòsaiph ach bha Laura ceangailte ris.

'Cùm Laura trang airson deich mionaidean. Feumaidh mi facal fhaighinn air Iòsaiph leis fhèin. Tha seo cudromach,' fhuair i air a ràdh ann an cluais Dhòmhnaill.

Dh'aithnich e gum bu chòir dha a bhith umhail seach a ceasnachadh. Thòisich e a' feuchainn air diofar rudan agus a' sireadh beachd Laura mar gur e an rud as cudromaiche san t-saoghal.

Ghabh Anna grèim air gàirdean Iòsaiph.

'Trobhad – feumaidh sinn bruidhinn.'

Bha an deoch air a' mhòr-chuid de dhaoine agus bha roilichean le hama agus isbeanan agus cèic a' dol. Le sin, cha robh aire dhaoine air an dithis aca.

'Tha mi a' guidhe riut – na can guth. Smaoinich air an liuthad duine a thèid a ghoirteachadh ma chanas tu càil. Tha fios agam gun robh e ceàrr ach chan eil sinn air cron a dhèanamh air duine.

Bha aodann Iòsaiph ann an trulainn.

'Mo chreach-s', chan eil mise dol a ràdh càil. Carson a smaoinicheadh tu sin? Tha cùisean a' dol glè mhath eadar mi fhìn agus Laura agus nan canainn càil rithe mar deidhinn, dh'fhaodadh nach còrdadh e rithe. Cha robh eadarainn ach beagan spòrs. Tha coltas snog air Dòmhnall. Tha mi an dòchas gum bi sibh gu math dòigheil còmhla airson iomadach bliadhna.'

---
annan *pineapple*
spùinneadair-mara *pirate*
gille-cruidh *cowboy*
umhail *obedient*

Thàinig faochadh do-chreidsinneach tro bhodhaig Anna. 'S ann air an dithis acasan a bha e air a bhith a' bruidhinn agus cha b' ann mun mhealladh. Bho bhith ag èisteachd ris, cha robh càil a dh'fhios aige. Cha robh Anna a-riamh air a bhith cho toilichte.

Chaidh Anna air ais gu dannsa, bruidhinn agus gàireachdainn mar thè a bh' air binn-bàis a sheachnadh.

Choilion Raonaid a h-amas – cha dhìochuimnicheadh duine an latha gu bràth – air diofar adhbhar! Lorg i cuideachd mòran dhaoine feumail airson a' ghnìomhachais aice fhèin 's a caraidean ged nach robh Anna cinnteach cuin a bha iad dol a dh'fhaighinn feum dhan fhear a b' urrainn a h-uile laoidh nàiseanta san Roinn-Eòrpa a bhrùchdail!

Dh'fhaodadh Anna agus Dòmhnall a-nis an aire a thionndaidh chun an turais iongantaich a bha air thoiseach orra, turas nach robh Anna den bheachd a bha dol a thachairt bho chionn uair a thìde neo dhà.

---

binn-bhàis *death sentence*
laoidh nàiseanta national *anthem*
brùchdail *burp*

6

Còig mìosan nam pòg

After the wedding of the year comes the honeymoon to end all honeymoons. Anna and Dòmhnall intend to take full advantage of their friends' generosity by living the high life in a succession of exotic tourist destinations. Everything is going well until they reach Argentina, where Dòmhnall's interest in an attractive woman provokes Anna's jealousy, and things don't improve after that.

Bha Anna agus Dòmhnall ann an staid aoibhneach sna làithean a lean. Bhiodh cuimhne aig Anna gu bràth air an fheagal agus an goirseachadh a bh' oirre nuair a smaoinich i gun robh a h-uile duine dol a dh'fhaighinn a-mach na rinn iad. Ach, bhiodh cuideachd cuimhne aice gu bràth air an latha sgoinneil a bh' aca còmhla ri teaghlach agus caraidean. An dùil am b' urrainn don latha a bhith air còrdadh riutha càil a bharrachd nam biodh iad dha-rìribh ann an gaol? An dùil am biodh Zsa Zsa Gabor, Elizabeth Taylor agus Katie Price a' faireachdainn am buzz seo às dèidh gach turas a phòs iadsan?

Mu thrì seachdainean às dèidh dhaibh pòsadh, ghabh iad trèana a Lunnainn.

Bha Anna den bheachd gun robh e fhathast caran romansach a bhith a' siubhal air trèana. Cha b' e am 08:14 gu Sràid na Banrighinn far an robh thu fortanach a bhith dà òirlich air falbh bho achlaisean an fheadhainn mun cuairt ort, fàileadh bho chuid dhiubh an ìre mhath a' toirt air do bhracaist siubhal bho do stamag gus an triùir a b' fhaisg ort

---

goirseachadh *terror*
achlais *armpit*

a chòmhdachadh, ach siubhal socair far an robh bòrd agad, ùine na seallaidhean fhaicinn agus leabhar math. Bha sin uile aca sa chiad chlas air an ceithir uairean a thìde gu leth a Lunnainn.

Seo a' chiad de dh'iomadh rud sòghail a bh' air a' chlàr-ama aca sna mìosan ri thighinn. B' ann san trèana a dh'fhairich an dithis aca gu tur saorsainneil airson a' chiad turas bho bhanais Sheonaig – bha a' phàirt as duilghe seachad, an t-àm ann a-nis airson spòrs agus airgead a chaitheamh.

*

Cha robh càil saor mun chiad àite-fuirich aca ann an Lunnainn – Claridge's. Tha fiù 's an t-ainm a' dùsgadh ìomhaighean do ghreadhnachas, airgead agus eachdraidh. Bha gach òirleach dheth a' drùidheadh le stoidhle, an luchd-obrach spaideil, cuideachail agus fiosrachail, buaidh iomadh uair a thìde de thrèanadh orra uile. Bha seann-fhasanta agus ùr a' tighinn ri chèile, modhan an latha-an-dè le teicneòlas an latha-an-diugh.

Chuala Anna sgeulachd mu Chlaridge's turas. Bliadhnaichean mòra air ais, bha cuideigin air fònadh an taigh-òsta. Dh'iarr iad bruidhinn ris an Rìgh. 'Which one?' am freagairt a fhuair iad. A thuilleadh air rìoghalachd na fala guirme, rìoghalachd saoghal fiolm, telebhisein agus ceòl mar Brad Pitt agus U2, agus a-nise Dòmhnall agus Anna.

Bha e mar a bhith ann am bruadar bho nach miannachadh tu dùsgadh. Bha feagal air Anna gum biodh iad mì-chofhurtail a' fuireach ann ach b' ann a bha iad air am beò-ghlacadh leis an àite agus an fheadhainn a bha mun cuairt.

Sna làithean a lean, chunnaic iad *The Book of Mormon*, chaidh iad gu mullach an Shard, choisich iad mu diofar sgìrean mar Notting Hill, Shoreditch agus Hampstead,

---
sòghail *luxurious, sumptuous*
greadhnachas *grandeur*
a' drùidheadh *oozing, dripping*

dh'ith iad san Ivy agus choinnich iad ri caraidean. Chaidh Dòmhnall gu Wembley. Chaidh Anna chun Tate. Chaidh Dòmhnall gu geama ball-coise Chelsea agus ghabh Anna sgrìob mu bhùithtean Sràidean Oxford agus Bond.

Gach madainn, aig bracaist, leughadh iad am pàipear agus shuidheadh iad am measg nan aoighean eile mar gur e seo an seòrsa saoghal gam buineadh iad. Cha tug iad a-riamh cho fada ri bracaist.

An latha slàn mu dheireadh aca an Lunnainn, leum iad air an trèana gu Paris, dìreach air sgàth 's gum b' urrainn dhaibh, a' tilleadh air ais am beul na h-oidhche.

*

Bha grunn àiteachan dham miannaicheadh Anna a dhol seach Dubai agus Abu Dhabi. B' e am prìomh àite dha robh Dòmhnall airson a dhol, ge-tà, an rèis mu dheireadh de sheasan Formula a h-Aon. Chaidh deit a thaghadh airson na bainnse a leigeadh leotha a bhith ann an Abu Dhabi aig an àm cheart! Theab Anna tachdadh nuair a chunnaic i prìs nan tiogaidean ach cha robh i fada a' lorg rudan a chòrdadh e rithe fhèin a dhèanamh ann nach robh saor a bharrachd.

Ged a bha e faisg air deireadh na Samhna, bha teas càilear ann an Dubai. B' e sin a' chiad rud a mhothaich iad, agus b' e cho mòr 's a bha a h-uile càil an dàrna rud, mar gun robh am baile ann an teis-meadhan farpais an aghaidh a h-uile baile eile anns an t-saoghal.

Mar eisimpleir, cha mhòr nach fheumadh am Burj Khalifa leabhar Guinness dha fhèin airson chlàran sònraichte – nam measg, an togalach as àirde san t-saoghal a thog mac an duine, an togalach leis an àireamh as motha de làran, an club-oidhche agus an t-àite-bìdhe a b' àirde anns an t-saoghal. Ach, bha aon chlàr nach robh aca – bha iad san dàrna àite nuair a thàinig e chun amar-snàimh a b' àirde air an t-saoghal. Bha Ritz-Carlton Hong Kong anns a' chiad àite, amar-snàimh acasan air làr 118, an coimeas ri làr 76 sa Bhurj Khalifa. An dùil am biodh luchd-obrach an togalaich a' call cadal air los seo agus an robh cuideigin am badeigin a' deilbh phlanaichean amar-snàimh a chur air làr 119 den Bhurj Khalifa.

Cha b' e dìreach ionadan-bhùithtean a bh' anns na h-ionadan-bhùithtean a bharrachd – cuid dhiubh mar ghailearaidh 's iad cho làn de phìosan-ealain. B' urrainn dhut tadhal air uisgeadan neo a dhol a sgitheadh ann an aon ionad. Chaidh iad a-mach dhan fhàsach, a' siubhal air càmhail agus a' sgèith thairis air toman-gainmhich ann an 4x4 a bha caran coltach ri bhith air rolair-còrsair.

Bha Dubai mar àite a-mach à fiolm, cothrom rudan air leth fhaicinn agus iomadh dòigh airgead a chosg. Bha coltas an airgid air an sgìre agus a daoine, an ola air diofar mhòr a dhèanamh do bheatha na h-Emiratis, Porsches agus Lamborghinis nan seallaidhean cumanta. Ach, bha bochdainn ri fhaicinn cuideachd, daoine air a thighinn à leithid na h-Innseachan, Sri Lanka agus Pagastan an sàs san obair-togail a bha ag amas air Dubai a dhèanamh na b' iongantaich na baile sam bith eile. B' e busaichean grànda an còmhdhail a bh' acasan seach càraichean spaideil gan giùlan gus obrachadh ann an teas brùideil gach latha, iad tric taingeil an cothrom seo fhaighinn a leigeadh dhaibh airgead a chur dhachaigh gu an teaghlaichean agus piseach a thoirt air am beatha-san.

*

Dh'fhuirich iad ann an taigh-òsta saor – saor airson Dubai co-dhiù. Cho-dhùin iad gun fuireach anns an taigh-òsta le seachd rionnagan, am Burj Al Arab. Ach, bhon a bha Dòmhnall a' dol gu Formula a h-Aon, bha Anna dol a

---

air los *on account of*
uisgeadan *aquarium*
toman-gainmhich *sand dunes*

dh'fhaighinn afternoon tea sa Bhurj Al Arab, togalach ann an cumadh seòl a bha a' glacadh d' aire bho dhiofar phàirtean den bhaile.

Cha robh e fiù 's comasach faighinn faisg air a' Bhurj Al Arab – gun luaidh air a dhol a-steach ann – mura b' urrainn dhut dearbhadh gun robh deagh adhbhar agad. Cha b' urrainn dhut dìreach cupan teatha neo cofaidh òl ann a bharrachd, oir dh'fheumadh tu suim airgid shònraichte a chosg ann. Cha robh Anna buileach cinnteach dè thachradh dhut mura cosgadh tu an t-suim shònraichte sin. Cho luath 's a ghabh iad ceum na bhroinn, bhuail am beairteas agus an roicealas iad sa pheirceall.

Ghabh iad lioft gu làr 27, agus bar Skyview far an d' fhuair iad glainne champagne a dh'òl iad ann an sèithrichean mòra cofhurtail. Cha robh diofar nach robh iad nan suidhe aig aon de na bùird a bh' aig uinneag oir bha na bha tachairt a-staigh cho inntinneach ri na bha ri fhaicinn a-muigh. Bha Dòmhnall air bhioran cuideachd mu bhith ann ach airson adhbhar eadar-dhealaichte. Bha e airson faicinn dha fhèin an taigh-òsta far an robh Federer agus Nadal air geama teanas a chluich, Tiger Woods air balla-goilf a bhualadh agus David Coulthard air sealltainn dè b' urrainn dha a dhèanamh ann an càr Formula a h-Aon, uile bho mhullach an togalaich-sa.

Cha b' urrainn dhaibh ach a bhith a' coimhead timcheall fad na h-ùine, eadar an luchd-obrach spaideil, sgileil, an rùm fhèin agus an fheadhainn eile a bha ag ithe. An robh iadsan ann an seo mar Anna agus Dòmhnall airson a' chiad turais agus 's dòcha an turas mu dheireadh, neo an robh iad cho beairteach agus gun robh seo dhaibhsan mar a bhith a' dol a-steach gu Caffè Nero neo Starbucks? B' fheàrr le Anna gum b' urrainn dhi sgeulachd-beatha a h-uile duine san rùm fhaighinn, a sròn a' dèanamh dragh mòr dhi.

Tha afternoon tea tric sònraichte ach bha fear a' Bhurj

---

roicealas *luxury, opulence*
peirceall *jaw*

Al Arab air leth. Thòisich e le champagne, cèic bheag le sùbhan-làir agus an uair sin biadh bho charvery an taigh-òsta mus robh guth air na ceapairean a b' àbhaist a bhith an cois afternoon tea. Thàinig iad sin agus an luchd-frithealaidh a' tighinn air ais leotha a-rithist agus a-rithist.

Bha feum air iomadach cupan teatha an cois a' bhidhe agus chùm iad orra a' tighinn leis an sin cuideachd. Dh'fhàg sin gun robh feum a dhol dhan taigh-bheag na bu trice nan àbhaist. Thug sin cothrom coiseachd timcheall an àite agus sùil nas gèire a thoirt air daoine.

Shaoil Anna gur e seo aon de na h-àiteachan san t-saoghal far am bu dualtaiche dhaibh cuideigin ainmeil fhaicinn. Bha e na uallach dhi dè fo ghrian a chanadh i ri leithid Bhictoria Beckham nan coinnicheadh iad san taigh-bheag. Dh'fheumadh i rudeigin a ràdh rithe ach dè?

'Chunnaic mi Daibhidh san t-sanasachd ùr aige airson H&M – tha e a' coimhead àlainn na dhrathais.'

Bha Anna cinnteach nam biodh gu leòr ùine aice còmhla ri Bhictoria san taigh-bheag gum biodh iad nan dlùth charaidean. Gu mì-fhortanach, gach turas a chaidh i don taigh-bheag, cha do dh'aithnich i duine a bh' ann agus dh'fheumadh i dhol air ais dhan bhòrd gun càirdeas maireannach a dhèanamh le Bhictoria neo duine sam bith eile.

Gheibheadh i seachad air is na sgonaichean agus na cèicean a' tighinn gus nach b' urrainn dhaibh an còrr a ghabhail. Cha robh càil a chabhaig orra falbh agus iad cinnteach nach gabhadh iad afternoon tea mar seo gu bràth tuilleadh.

★

Latha a' Ghrand Prix ann an Abu Dhabi, bha Dòmhnall mar bhalach beag. Dhàsan, b' fhiach a h-uile diog den mhealladh gus faighinn chun an latha seo. Sna làithean mu dheireadh, dh'fhàs iad cleachdte ri beairteas fhaicinn ach bha Yas Marina, far an robh an Grand Prix, aig ìre eile. Bha cuid ann airson an rèis fhaicinn, feadhainn air los gum b' urrainn dhaibh a ràdh gun robh iad an làthair, cuid gus a bhith faisg air glitz agus glamour an latha. Agus bha Anna ann!

Cha robh Dòmhnall airson diog den latha a chall agus bha iad am broinn an àite a' mhionaid a bha sin ceadaichte. Ann an ullachadh, rannsaich Anna Formula a h-Aon gus beagan tuigse fhaighinn air na daoine a bha an sàs ann agus na riaghailtean. Cha thuigeadh i fhathast an tarraing a bh' ann. Gun fhiosta, ge-tà, bha Anna air a beò-ghlacadh leis an èigheachd, na daoine spaideil mun cuairt oirre a bh' air bhioran agus fuaim chraicte nan càraichean a' dol mun cuairt agus mun cuairt.

Bha Anna air leabhar, iris agus iPad a thoirt leatha ach cha deach i faisg orra. Bha cur-seachad tòrr na bu chudromaiche aice – neapraigean a chumail ri Dòmhnall nuair a nochdadh an toileachas. Cha shaoileadh duine mun cuairt gun robh Dòmhnall na ghlòraidh ach 's e a bha. Bha Anna toilichte gun deach i ann ach bha i cuideachd cinnteach nach fheumadh i gu bràth tuilleadh a dhol gu rèis Formula a h-Aon.

*

Gu Bali an uair sin, àite na bu shocaire agus na bu shaoire. Bha Lunnainn, Dubai agus Abu Dhabi dona dha buidseat gu h-àraid nuair a bha thu a' feuchainn ri blas fhaighinn air beatha nan daoine beairteach!

Dh'fheuch iad surfadh, fhuair iad iomadh bruthadh-bodhaig, gu h-àraid Anna a shaoil nach robh mòran rudan air an t-saoghal cho math ri bruthadh-bodhaig air a dhèanamh ceart. Choisich iad, shuidh iad, leugh iad agus mheasgaich iad le luchd-siubhail eile. Chluich Dòmhnall ball-coise gu tric air an tràigh, le measgachadh de luchd-turais agus muinntir an àite.

Leis gun robh iad air falbh, b' ann a-nis a thuig iad cho

trom 's a bha an greis mu dheireadh air a bhith orra. Cò aig a bha fios gum biodh e cho duilich daoine a mhealladh, cumail ri clàr-ama, banais agus mìos nam pòg a chur air dòigh? Chan fheumadh iad a bhith nan cleasaichean 's iad fad air falbh bho Ghlaschu agus eòlaichean.

*

À Bali, chaidh iad a dh'Astràilia. Chuir iad seachad Latha na Nollaig air tràigh Bondi ann an Sydney agus a' Bhliadhn' Ùr ann am bàta faisg air an Taigh Opara còmhla ri seann charaidean dha Anna a bha a-nis a' fuireach ann an Astràilia 's iad uile a' coimhead nan cleasan-teine a' sgiamhail os an cionn.

Cha robh dìth roghainnean-spòrs san dùthaich dham b' urrainn dha Dòmhnall a dhol – ball-coise, criogaid agus rugbaidh. Chaidh iad gu show aig an Taigh Opara, thadhail iad air na Blue Mountains agus Manly.

Ann am Melbourne, thadhail iad air Sràid Ramsay. Thog iad iomadh dealbh an sin, gus an seallaidh iad dhan caraidean, am prògram a thug dhaibh òran airson a' chiad dannsa aca! Fhuair iadsan an dealbh air a thogail an cois Alan Fletcher cuideachd, a tha a' cluich Karl Kennedy. 'S iomadh dealbh a chunnaic Anna air Facebook le daoine leis an dearbh dhuine air an dearbh shràid seo. An dùil am biodh Pàirce Hampden mòr gu leòr gus cumail a h-uile Breatannach aig an robh dealbh le Alan Fletcher air Sràid Ramsay?

Gu tric, bhruidhinn iad air cho fortanach 's a bha iad – an liuthad rud a bha iad a' faicinn agus a' dèanamh. Bhuail seo orra gu cunbhalach ann an Sealan Nuadh, dùthaich iongantach. Ann an Queenstown, fhuair Dòmhnall a leòr de dh'adventure agus spòrs – leum bungee, skydiving agus jet-boating.

Choisich iad, shreap iad agus ghabh iad heileacoptair gu

faisg air mullach Eigh-shruth Franz Josef. Shiubhail iad air feadh an dà eilein ann an campervan. Mura robh iad gu math eòlach air a chèile roimhe sin, bha às dèidh trì seachdainean a' falbh san dòigh sin!

*

Mar a bha Abu Dhabi do Dhòmhnall, bha Argentina do dh'Anna – ìomhaigh dhraoidheil aice dheth – tango, polo agus fìon – cha b' ann uile aig an aon àm, ge-tà! Cha robh Buenos Aires na thàmailt dhi agus taobh a-staigh uair a thìde, bha e air aon de na bailtean a b' fheàrr leatha san t-saoghal.

Choisich iad agus choisich iad air iomadh sràid agus ann an iomadh ceàrnaidh, a' stad aig amannan airson cofaidh, fìon no steig. Chaidh iad gu geama polo. Cha b' ann tric a bha Anna ag oideachadh Dhòmhnaill mu spòrs ach sin a thachair. Bha a bhith a' coimhead na bha an làthair a cheart cho tarraingeach dha Anna ris an fharpais fhèin.

Cha b' ann dha dheòin a chaidh Dòmhnall gu clasaichean tango ach cha leigeadh Anna leis diùltadh. Cha do dh'innis i dha nach ann dìreach airson an fheasgair a bha iad gu bhith ann ach a h-uile feasgar airson còig latha, an uair sin a' dannsa aig cluba-tango air beulaibh dhaoin' eile air a' chòigeamh oidhche. Nuair a thuig e sin aig a' chiad chlas, cha robh e idir air a dhòigh. Gheibheadh e seachad air!

A' coimhead an dithis neach-teagaisg, cha robh càil a dhùil aig Anna gum biodh coltas gu bràth oirre de thè a bhiodh a' sgèith gu grinn thairis air an ùrlar. Mhiannaich i, ge-tà, beagan comas-dannsaidh a thogail.

Chuir e iongnadh agus toileachas oirre nuair a chunnaic i ùidh agus spionnadh Dhòmhnaill ann a bhith ag ionnsachadh tango. Air an treas fheasgar, thuig i carson. Bha sùil aige ann an tè Dhuitseach a bha sa chlas cuideachd. Àrd, tana agus le

eigh-shruth *glacier*
ag oideachadh *educating*

falt dubh, b' e tè gu math bòidheach a bh' ann an Lara, agus gun teagamh, bha sùil aicese ann an Dòmhnall cuideachd.

Air an fhionnaraidh às dèidh gach clas, dheigheadh a h-uile duine gu taigh-seinnse còmhla. Mar làithean tràth den càirdeas, rinn Anna oidhirp sealltainn an trom-ghaol anns an robh i fhèin agus Dòmhnall. Leis an dol-a-mach aice, bha Dòmhnall den bheachd gun robh tango a' toirt buaidh neònach air caractar agus inntinn Anna, a' bruidhinn gun stad mun bhanais aca, mìos nam pòg gu ruigeadh seo agus na planaichean aca airson an àm ri teachd. Thuig Anna nach robh càil a dh'fhios aig Dòmhnall gun robh e air a thàladh gu Lara. Mhiannaich Anna gun teicheadh Lara air baidhsagal – bha i cinnteach gum biodh fear aice na cois – a thaigh na croich.

Air ais aig an taigh-òsta, bha a' chiad argamaid dem beatha-phòsta aca.

'Dè fo ghrian a tha ceàrr ort, Anna?'

'Dè tha ceàrr ormsa??! Dè tha ceàrr ortsa?!'

'Dh'fhaighnich mise an toiseach.'

'Ged a bhiodh do theanga sìos a h-amhaich, cha b' urrainn dhut a dhèanamh na b' fhollaisaiche do dhaoine an ùidh a th' agad ann an Lara.'

Thòisich Dòmhnall a' lachanaich.

'Mo chreach-s', tha thu farmadach.'

Stad e a ghàireachdainn gu h-obann nuair a chunnaic e coltas sùilean Anna.

'Na gabh dragh. Chan eil ann ach beagan spòrs. Tha fhios aice gu bheil sinn pòsta. Cha tachair càil.'

Cha do shàsaich seo Anna. Laigh i na dùisg a' ceasnachadh carson a bha i ann an droch thruim. 'S na làithean tràtha den phlana aca, bhruidhinn iad mu nan tachradh a leithid – ùidh aig cuideigin aca ann an neach eile. Dh'aontaich iad dìreach dèiligeadh ris nan tachradh e ach cha do thachair. Dh'aontaich iad cuideachd gum faodadh iad na thogradh

---

fionnaraidh *evening*

iad a dhèanamh le daoin' ann an dìomhaireachd gus nach fhaigheadh an luchd-eòlaich a-mach mu dheidhinn. Bha Anna air a bhith còmhla ri Iòsaiph ach cha robh càil a dh'fhios aice mu Dhòmhnall. Cha robh i air cadal còmhla ri duine eile ach Dòmhnall bho chuir i stad air a' chàirdeas eadar i fhèin agus Iòsaiph. Dh'fhairich i tinn a' smaoineachadh air còmhla ri boireannach sam bith eile. Bha aon nì fìor – cha robh càil a dhùil aice gun tuiteadh e ann an gaol le cuideigin eile agus iad air mìos nam pòg. Dh'fheuch i ri innse dhi fhèin nach robh iad dha-rìribh pòsta agus dè an diofar a bh' ann ged a dh'fhàsadh beagan càirdeis eadar esan agus Lara? Ach bha diofar leatha.

Sa mhadainn, rinn i i fhèin gu math soilleir.

'Na gabh ort a dhol faisg air a' chreutair ud tuilleadh neo bidh an sgaradh-pòsaidh a' tachairt nas luaithe na bha sinn a' dùileachadh.'

Chuir an dithis aca seachad an còrr den latha ann an stùirc, Dòmhnall a' faireachdainn gun robh ana-ceartas air a dhèanamh air agus Anna feargach is air a maslachadh. Bha an gleans air a thighinn far an tango, oir gur ann air èiginn a bha i fhèin agus Dòmhnall a' bruidhinn agus a fòcas aice a-nis air sùil a chumail air Dòmhnall agus Lara, ag amas air nach fhaigheadh iad air diog a chur seachad còmhla.

Thàinig oidhche Haoine agus an tachartas tango. Chruinnich iad uile aig cluba beag air sràid-chùil am Buenos Aires. B' e oidhche shònraichte a bh' ann, Anna fiù 's a' dìochuimhneachadh mu Lara airson greis, oir bha cus eile a' dol. Bha i air dreasa ùr a cheannachd agus bha deise spaideil air Dòmhnall, i den bheachd gun robh iad am measg nan cupal as eireachdaile an làthair fiù 's mura robh iad air na dannsairean a b' fheàrr. Chaidh an oidhche seachad ann am fruis de dhannsa, fallas, àbhachdas, òl agus barrachd dannsa.

Bha Lara agus a caraidean a' fuireach aig taigh-òsta faisg

---

stùirc *foul mood*

air a' chluba agus chaidh a' bhuidheann an sin 's deagh bhàr trang ann. Lean an oidhche air adhart ann an àbhachdas.

Bha an deoch air Anna. Bha i toilichte gus an do bhuail e i gun robh greis ann bho nach fhaca i Dòmhnall, air an robh smùid a' chofaidh. Choimhead i mun rùm agus chunnaic i nach robh sgeul air Lara a bharrachd. Dh'fhaighnich i dha aon de na Duitsich eile dè an rùm anns an robh Lara. Leis a' choltas a bh' air aodann Anna, thuig am boireannach gun robh cho math dhi innse dhi sa bhad.

Lorg i rùm 18. Cha do ghnog i. An sin, mar a bha i an amharas, bha Dòmhnall anns an leabaidh còmhla ri Lara. Sheas i a' coimhead orra. Cha tuirt i dùrd. Sheall Lara agus Dòmhnall air ais, an dithis aca a' feitheamh gus faicinn dè bha dol a thachairt. Cha robh Anna fhèin cinnteach dè thigeadh. Mhiannaich i aodann Lara a sgròbadh agus a sadail tarsainn an rùm ann an gluasad nach fhacas a-riamh a leithid ann an saoghal tango.

An àite sin, thionndaidh i agus dh'fhàg i an seòmar. Fhuair i a seacaid agus dh'fheith i san t-sràid gus an do nochd tagsaidh. Thug sin beagan mhionaidean. Nochd an tagsaidh aig an dearbh àm 's a nochd Dòmhnall, aodann dearg, aodach liorcach bho bhith air an làr agus e cugallach air a chasan. Leum e a-steach ri a taobh. Cha deach facal a ràdh eatarra, Dòmhnall na bu chiallaiche na fiù 's amas air bruidhinn ged a bha an deoch air.

Chaidh iomadh smuain tro cheann Anna. A bharrachd air gòraiche falbh leis a' chreutair ud am fianais dhaoin' eile, dè dha-rìribh a rinn Dòmhnall ceàrr? Cha b' urrainn dhi ach smaoineachadh air *Friends*, Ross agus Rachel ag argamaid mu Ross a bhith le Emily, esan a' faireachdainn nach do rinn e càil ceàrr, na facail 'we were on a break' aige mar chlàr briste. Dh'fhaodadh Dòmhnall an aon seòrsa dìon a chleachdadh.

'Chan eil sinn dha-rìribh pòsta.'

---

smùid a' chofaidh *steaming drunk*
liorcach *crumpled*

Chaidil Dòmhnall air an t-sòfa. Bha e air a chois tràth le ceann goirt agus aithreachas. 'S beag a dh'fhios dè cho fada 's a bha e air a bhith a' feitheamh ri Anna èirigh.

'Tha mi cho duilich gun robh mi cho gòrach ri sin, Anna. Chan eil fhios agam cò air a bha mi a' smaoineachadh agus uimhir de dhaoin' eile timcheall. Dh'òl mi cus. Tha aon nì fìor – chan eil mi dol faisg oirre tuilleadh agus i cho deònach falbh le fear a tha pòsta agus a bhean san aon togalach.'

Cha b' urrainn do dh'Anna ach smaoineachadh air Caomhain agus Samantha. Bha i cho feargach agus nach b' urrainn dhi bruidhinn ri Dòmhnall.

Chaidh latha neo dhà seachad agus cha do theich an fhearg. Dh'fhàs Dòmhnall fhèin stùirceach agus gun e den bheachd gun robh e air càil a dhèanamh ceàrr, seach a bhith caran gòrach agus e air tè neo dha òl.

Ach, bha siubhal fhathast ri dhèanamh. Chaidh iad gu Ameireagaidh a tuath, an siubhal mì-chofhurtail agus gun cus àgh eatarra. Anns gach àite, thigeadh iad còmhla gus dealbh neo dha a thogail a dheigheadh air Facebook, clàr gus sealltainn dhan h-uile duine cho dòigheil 's a bha iad. Na dealbhan dèante, chaidh iad air ais gu bhith sàmhach.

Bha e caran doirbh nuair a bha iad air tursan a chur air dòigh gu àiteachan mar a' Ghrand Canyon, uairean a thìde ann am bus ri taobh a chèile balbh. Dè bha an fheadhainn mun cuairt a' smaoineachadh? Cha robh coltas ann gun tigeadh e gu crìch gus an do dh'fhalbh òganach le baga Anna ann an Los Angeles. Bha i cho troimh-a-chèile, feagal a beatha oirre. Thill i chun taigh-òsta, far an do lorg i Dòmhnall, a bha cho taiceil agus cho cuideachail 's a ghabhadh. Chuir iad seachad a' mhadainn aig stèisean-poilis agus chaidh iad an uair sin air ais gu bhith nan cupal pòsta a bha a' bruidhinn ri chèile!

Lean iad orra leis an t-siubhal. Chrìochnaich iad an turas mar a thoisich iad e, a' fuireach ann an aon de na

---
àgh *happiness*

taighean-òsta as eachdraidheil san t-saoghal – an Waldorf Astoria ann an New York. Fiù 's sa bhaile a b' iongantaiche san t-saoghal, cha deach dol às aca ach smaoineachadh mu bhith a' tilleadh dhachaigh, beagan mhìosan a chur seachad mar chupal thoilichte ùr-phòsta mus tòisicheadh iad air am pòsadh aca a bhriseadh às a chèile.

7

Sgaradh-pòsaidh

The next step in their plan is to separate, but they still have to keep up the pretence for a while, which means enduring everyone's questions about when they plan to start a family. They think of all sorts of ways to make their marriage look as if it's falling apart, but finding a good reason to get divorced is harder than they had expected.

Chaidh na trì mìosan a lean seachad ann am fruis. A' cèilidh air caraidean agus càirdean, daoine airson cluinntinn mun turas aca neo a' toirt a chreidsinn gun robh co-dhiù. Obair agus dachaigh a chur an òrdugh, oir ged nach robh Anna gu bhith a' fuireach ann fada, bha i airson cuid a rudan atharrachadh – gun luaidh air a' chòrr, cha bhiodh e coltach mura biodh Anna a' cur beagan den bhlas aice fhèin air an àite.

A' tilleadh dhachaigh, bha faochadh air Anna nach biodh a h-uile dàrna ceist mu dheidhinn na bainnse. Gu mì-fhortanach, cha b' fhada gus an do thuig i gun robh ceistean mu chuspair eile air aire dhaoine a-nis. Nam faigheadh i not gach turas a dh'fhaighnicheadh cuideigin dhi cuin a bha dùil aca teaghlach a thòiseachadh neo dibhearsain mu chlann neo bhith trom, dh'fhaodadh iad falbh còig mìosan eile!

B' e màthair Dhòmhnaill a bu mhiosa. Thàinig e a-steach air Anna gur ann airson leanabh a bhith aca a bha an deich thar fhichead mìle nota seach airson a bhith a' pòsadh. Bha e follaiseach gun robh i tàmailteach nach do thill Anna air ais trom le triplets! An dùil am biodh i ag iarraidh an airgid air ais nuair a dhealaicheadh iad?

Bha a piuthar, a bha air gnìomhachas a thòiseachadh le a caraidean, a cheart cho dona. Dh'fhairich Anna a h-achlaisean agus a maoil a' fàs fallasach gach turas a smaoinicheadh i air, i an amharas gun robh Raonaid, mar-thà, a smaoineachadh air dè seòrsa pàrtaidh a chuireadh i air dòigh gus breith an leanaibh a chomharrachadh. Bhiodh rudeigin craicte san amharc aice, mar ailbhein òga fhaighinn coiseachd tro shràidhean Phartaig mar eisimpleir.

Bha balach beag, Calum, air a bhith aig Seonag agus Niall, fhad 's a bha iad air falbh agus aig a' phàrtaidh às dèidh a' bhaistidh bha an còmhradh mu leanabain aig àirde.

'Tha mi dol a thoirt sgleog dhan ath dhuine a chanas rium gur e an turna againn a tha gu bhith ann a-rithist,' thuirt i ri Dòmhnall.

Chanadh daoine riutha cuideachd gu tric nach fhada gus an cluinneadh iad fuaimean casan beaga leanabain. Dè tha sin fiù 's a' ciallachadh?! Am biodh casan leanabain a' dèanamh fuaim air nach robh fhios aig Anna, oir mar a chitheadh ise cùisean, cha robh leanabain a' dol air an casan gus an robh iad mu bhliadhna, agus fiù 's an uair sin cha robh iad a' dèanamh cus fuaim!

Fhad 's a lean iad air adhart lem beatha, a' putadh air falbh cheistean mu dhaoine beaga, bha an dithis aca mothachail gun robh iad a-nis air mu dà bhliadhna de bheatha càch a chèile a ghabhail suas. Dh'fheumadh iad dealachadh agus gluasad air adhart lem beatha.

Cha b' e suidheachadh furasta a bh' ann. 'S iomadh rud air am feumadh iad smaoineachadh. Cho luath 's a thill iad bhon turas, bha an cleasachd air tòiseachadh às ùr. Ann an dòigh, chun na h-ìre-sa, bha a h-uile nì caran follaiseach a thaobh mar a bu chòir dhaibh a bhith gan giùlan fhèin.

Ach dè a-nis? Am bu chòir dhaibh a dhol a-mach air a chèile an-dràsta 's a-rithist am fianais dhaoine gus am biodh e follaiseach nach robh cùisean buileach ceart? Bha

---

maoil *forehead*

sin nàdarrach am measg chupal, ge-tà. Am feumadh na h-argamaidean a bhith cho dona agus gun robh iad dìreach goirid air tòiseachadh a bhith a' sabaid le chèile lem boisean?

Bha e an-còmhnaidh cho uabhasach nuair a dhèanadh daoine sin air beulaibh dhaoin' eile – cha robh fhios aig daoine càit an coimheadadh iad. Cò mu dheidhinn a bhiodh na h-argamaidean – am feumadh iad cha mhòr sgriobt a sgrìobhadh neo dìreach a chumail nàdarrach agus adhbhar air choreigin a lorg ge bith càit an robh iad gus sabaid adhbharachadh? Mar eisimpleir, nam faigheadh Dòmhnall gin agus slimline tonic an àite tonic àbhaisteach do dh'Anna, ise an uair sin a' cur às a leth gun robh e gu follaiseach a' feuchainn ri ràdh gun robh i ro reamhar!

Argamaidean poblach ann neo às, dh'aontaich iad gum feumadh adhbhar sònraichte a bhith ann airson am pòsadh aca briseadh. 'S iomadh uair a thìde a chagainn iad air, e gam buaileadh cho duilich 's a bha e gu bhith sgaradh air adhbhar a fhreagradh air an dithis aca.

B' e toirt a chreidsinn gun robh aon aca a' falbh le cuideigin eile an dòigh a b' fhasa am pòsadh a thoirt gu crìch. Cha robh Anna idir deònach gum biodh daoine a' smaoineachadh sin mu deidhinn agus co-dhiù, cha chreideadh duine aig an robh eòlas oirre gun dèanadh i sin air Dòmhnall às dèidh na rinn Caomhain oirrese.

'Oh aidh, ach tha e ceart gu leòr gum bi daoine a' smaoineachadh gur e trustair a th' annamsa agus gun do dh'fhalbh mi le tèile,' arsa Dòmhnall gu mì-thoilichte.

'Bha thu dòigheil gu leòr falbh le Lara nuair a thàinig an cothrom.' Thàinig na facail a-mach às a beul gun fhiosta dhi.

'Chan eil sinn dha-rìribh pòsta, Anna,' thuirt e gu caiseach.

Agus, gun luaidh air càil eile, cha robh Anna ag iarraidh gum biodh daoine a' smaoineachadh gun robh rudeigin

---

lem boisean *with their fists*
cagainn *chew*

ceàrr oirre leis gun robh Caomhain agus Dòmhnall air falbh le cuideigin eile. Cha b' urrainn dhi dèiligeadh a bharrachd ris an truas a bhiodh aig daoine rithe nam biodh iad a' smaoineachadh gur e sin a thachair.

Chan obraicheadh e a bharrachd aon dhiubh toirt a chreidsinn gun robh iad gèidh neo gun robh trioblaid aca le deoch, drugaichean, le bhith a cur gheallan neo gun robh aon aca a' dochann an neach eile. Dh'adhbhraicheadh iad sin fada cus cheistean neo dh'fhàgadh e buaidh mhaireannaich air ìomhaigh an neach eile. Chaidh a h-uile gin de na h-adhbharan sin a dheasbad leotha, ge-tà, cuid na b' fhaide na cuid eile.

Mar dhithis air misean cudromach, rinn iad tòrr rannsachaidh gus faighinn a-mach dè thug air cupail eile sgaradh. Abair fosgladh-sùla! Am measg cuid de na h-adhbharan a b' iongantaiche bha am boireannach ann an Iapan a dh'fhàg an duine aice air sgàth 's nach do chòrd am fiolm *Frozen* ris. A rèir choltais, thuirt i gun robh rudeigin ceàrr air mar bhall den chinne-daonna mura robh tuigse aige air cho mìorbhaileach 's a bha am fiolm! Agus dè mu dheidhinn na tè a chaidh às a ciall nuair a chunnaic i gur e 'Guantanamo' am far-ainm a bh' aig an duine aice dhi sa fòn aige! Le sin, bha am pòsadh aca seachad!

Bha spòrs gu leòr aca a' tighinn suas le adhbharan craicte gus dealachadh mar… na bha iad a' cosg air neapraigean gach mìos air los deòir Dhòmhnaill neo mar a bhiodh Anna den bheachd nach robh a beatha ceart às aonais afternoon tea co-dhiù gach mìos. Ach, cha choilionadh adhbharan mar sin càil ach magadh bho dhaoine agus gur dòcha gun lorgadh iad iad fhèin air liosta am badeigin mu adhbharan neònach airson sgaraidhean-pòsaidh!

B' e 'irreconcilable differences' neo 'unreasonable

---

a' cur geall *bet, gamble*
a' dochann *beating up, injuring*
ball den chinne-daonna *a member of the human race*

behaviour' dà adhbhar cumanta airson dealachadh. Dè cho dona 's a dh'fheumadh na 'irreconcilable differences' a bhith? Am faodadh e bhith cho sìmplidh ri eas-aonta mu am b' e pizza neo chilli a bhiodh aca air an teatha? Agus dè dìreach a th' ann an dol-a-mach mì-reusanta? Dè mu dheidhinn a bhith a' coimhead naoi uairean a thìde de spòrs agus deasbad mu spòrs air Disathairn', a h-uile but dheth cho iongantach agus nach gabhadh mionaid dheth a chall?

Cheasnaich iad am faigheadh iad às gun adhbhar a thoirt do dhaoine 's e cho duilich dhaibh fear a lorg? Am faodadh iad dìreach toirt a chreidsinn gun robh an gnothaich ro phiantail dhaibh bruidhinn mu dheidhinn. Neo am faodadh iad 'irreconcilable differences', a ràdh ann an dòigh dhràmataigeach agus fhàgail aig an sin? 'S dòcha gun dèanadh sin nithean nas miosa, ge-tà, daoine a' feuchainn ri adhbharan a lorg nam measg fhèin mu dè chaidh ceàrr. Cha robh fhios dè na rabhdan a bhiodh aca.

Mhol Dòmhnall a ràdh gun robh Anna ro cheangailte ri h-obair agus nach robh gu leòr ùine aca dhaibh p' fhèin mar chupal. Cha b' urrainn do dh'Anna a dhol às àicheadh gun robh i tric ag obair uairean fada agus gum biodh i aig amannan a' dèanamh tòrr bruidhinn mu dheidhinn ach cha robh i den bheachd gun robh sin diofraichte bho mòran dhaoin' eile san latha a bh' ann. Cha robh i toilichte leis a' mholadh sin, feagal oirre gum biodh daoine a' smaoineachadh gur ise as coireach gun do dhealaich iad agus gum biodh daoine den bheachd gur e creutair doirbh a bh' innte. Nam biodh fathannan mar sin a' dol, 's dòcha gum faigheadh e gu cluasan fear sam bith anns am biodh sùil aice!

Am b' urrainn dhaibh dìreach fhàgail aig a bhith ag aideachadh gun robh iad air a h-uile dad a dhèanamh ro luath agus gun thuig iad nach robh iad buileach ceart dha chèile? Dh'fheumadh iad dìreach gabhail ris gum biodh

piantail *painful*
rabhd *nonsense talk*

daoine gam faicinn mar ghlaoicean. Chòrd am beachd seo ris an dithis aca gus na smaoinich iad air ann am barrachd doimhneachd.

'Nuair a choinnicheas sinn cuideigin eile, feumaidh sinn fuireach co-dhiù deich bliadhna mus gluais sinn a-steach còmhla riutha oir bidh a h-uile dàrna duine a dh'aithnicheas sinn a' comhairleachadh dhuinn cuimhneachadh na thachair an trup mu dheireadh a ghluais sinn a-steach le neach agus bidh iad cuideachd a' cumail sùil gheur air a' chàirdeas', ghearain Anna. Bhiodh e do-dhèante a bhith beò mar sin.

Nach bochd nach do rinn iad liosta mus do phòs iad le molaidhean mu ciamar a dhealaicheadh iad. Bha an dithis aca cho sgìth ris a' chù a' bruidhinn mu dheidhinn. Nan leanadh cùisean mar seo, bha teansa ann gur iad a' chiad chupal ann an eachdraidh a dh'iarradh dealachadh bho chèile air los nach b' urrainn dhaibh aontachadh mu carson a bha iad dol a sgaradh!

Chaidh na mìosan seachad gun fhuasgladh. Aon latha san oifis, shaoil Anna gun do lorg i freagairt. Bha a' chompanaidh aice dol a dh'fhosgladh oifis ann am Mumbai agus chaidh faighneachd dhith am biodh ùidh aice a dhol a dh'obair ann airson bliadhna neo dhà gus cuideachadh le cùisean a stèidheachadh. Bha nòisean aice a dhol do na h-Innseachan agus bhiodh cothrom mar seo cuideachd a' coimhead sgoinneil air a' chunntas-obrach.

An oidhche sin, dh'inns i do Dhòmhnall gun canadh iad gun robh iad dol a dhealachadh air los nach robh esan ag iarraidh gluasad do na h-Innseachan.

'Bha dùil agam nach robh thu ag iarraidh gum biodh daoine a' smaoineachadh gun do sgar sinn air sgàth gun robh thusa cho ceangailte ri d' obair?'

'Tha seo diofraichte. Cha leig sinne a leas cus a ràdh ri daoine mu dheidhinn agus faodaidh iad an inntinn fhèin a dhèanamh suas mun ghnothaich. 'S dòcha gum bi daoine a' smaoineachadh nach eil mòran miann-adhartais agadsa, neo gun cuireadh e ort gum bithinnsa a' cosnadh tòrr a bharrachd ortsa.'

'Chan eil mi cho cinnteach gur e sin a bhiodh daoine a' smaoineachadh,' thuirt e gu feargach. 'Agus co-dhiù, chòrdadh e riumsa a dhol gu Mumbai cuideachd greis. Bhiodh e inntinneach obair-leasachaidh spòrs a dhèanamh an sin agus gheibhinn cothrom criogaid a chluich agus a choimhead gu cunbhalach.'

'Uill, chan fhaod thu a thighinn còmhla rium. Chan e sin am plana!'

Cha robh càil a dh'fhios aig Anna an robh Dòmhnall a' tarraing aiste a thaobh a bhith dol do na h-Innseachan, ach anns na làithean a lean thòisich e a' coimhead ri cothroman-obrach sa bhaile, àiteachan-fuirich agus cothroman-siubhail taobh-a-staigh na dùthcha fhèin agus mun cuairt air. Aig an aon àm, bha miann Anna a dhol ann a' crìonadh. Bha tòrr dhuilgheadasan an lùib a bhith a' stèidheachadh gnìomhachas ann, chuala i. Am b' urrainn dhi dèiligeadh ris an teas? Thuig i cuideachd nach robh mar a chòrd an leabhar *Shantaram* rithe gu mòr na dheagh adhbhar gluasad gu na h-Innseachan.

Thàinig Dòmhnall dhachaigh aon oidhche le coltas gnothachail air aodann.

'Tha seo gun chiall, Anna. Tha sinn a' caitheamh fada cus ùine a' feuchainn ri adhbhar a lorg dealachadh. Carson nach fhàg sinn e an-dràsta? Chì sinn ciamar a bhios sinn a' faireachdainn ann an ceann bliadhna neo dhà eile. Agus, ma choinnicheas mi fhìn neo thu fhèin duine eile san eadar-àm, coimheadaidh sinn ri cùisean a-rithist.' Le uimhir de bhruidhinn mu dhealachadh, bha e air buaileadh air Dòmhnall nach robh e ag iarraidh beatha às aonais Anna ach cha robh fhios aige ciamar a dh'innseadh e sin dhi fhathast.

---

miann-adhartais *ambition*
a' crìonadh *diminishing*

Cheannaicheadh am plana ùr seo barrachd ùine dha.

Bhuail measgachadh de dh'fhaireachdainnean Anna – faochadh, mì-chinnt, toileachas, uabhas.

'Dìreach smaoinich mu dheidhinn,' thuirt e.

Sna làithean a lean, mar bu mhotha a smaoinich Anna air, b' ann bu mhotha a shaoil i gur e deagh bheachd a bh' ann. Mhiannaich i faochadh bho a beatha àbhaisteach nuair a thòisich i air an rathad seo – bha i air sin fhaighinn agus lùigeadh i e na b' fhaide.

A' cèilidh air caraid eile le leanabh ùr, dh'fhairich Anna miann làidir leanabh a bhith aicese cuideachd. Aig an dearbh àm ud, cha smaoinicheadh i air càil air an t-saoghal a chòrdadh rithe na b' fheàrr. Carson nach fhaighnicheadh i do Dhòmhnall ann an ceann beagan mhìosan fhaireachdainnean mun sin? Thàinig e a-steach air Anna nach robh i air adhbhar aontachadh airson dealachadh oir nach b' e sin a bha i ag iarraidh. Dh'aidich i rithe fhèin gun robh e duilich dhi smaoineachadh air a beatha às aonais – ciamar fo ghrian a thachair sin?

Chuireadh leanabh cuideachd stad air ceistean dhaoine mu chloinn! Bhiodh màthair Dhòmhnaill air a dòigh glan. Smaoinich Anna air na h-èididhean mìorbhaileach agus goirseachail a chruthaicheadh Raonaid dhan leanabh. Smaoinich i cuideachd air an airgead a bha i fhèin agus Dòmhnall air a chosg air tiodhlacan do chlann dhaoin' eile. Bha thìd' acasan cuid den sin fhaighinn air ais.